The Call of Cthulhu - The Dunwich Horror
La llamada de Cthulhu - El horror de Dunwich

H. P. Lovecraft

The Call of Cthulhu - The Dunwich Horror
La llamada de Cthulhu - El horror de Dunwich

Texto paralelo bilingüe
Bilingual edition

Ingles - Español
English - Spanish

texto en español, traducido del inglés por Guillermo Tirelli

Rosetta Edu

Título original: *The Call of Cthulhu - The Dunwich Horror*

Primera publicación: 1928

Primera edición: Septiembre 2023

Publicado por Rosetta Edu
Londres, Septiembre 2023
www.rosettaedu.com

ISBN: 978-1-916939-03-5

Rosetta Edu
Ediciones bilingües

Páginas enfrentadas

Páginas enfrentadas de la traducción y texto original en libros impresos.

Párrafos alineados en libros impresos

En libros impresos, los párrafos alineados entre los dos idiomas facilitan la comparación y la comprensión, ahorrando la necesidad de referirse constantemente al diccionario.

Párrafos enlazados en libros electrónicos

En libros electrónicos la comparación y la comprensión son facilitadas por citas al pie colocadas al principio de cada párrafo enlazando el texto en el idioma original y su traducción.

Integridad y fidelidad

Traducciones íntegras, fieles y no abreviadas del texto original.

Cuidado del vocabulario

Traducciones especiales para ediciones bilingües, con especial cuidado por la hegemonía de vocabulario utilizando glosarios en el proceso de traducción.

Contexto educativo

Ediciones enfocadas a estudiantes intermedios y avanzados del idioma original del texto en libros coleccionables y aptos para el contexto educativo.

INDICE

"Of such great powers or beings there may be conceivably a survival ... a survival of a hugely remote period when ... consciousness was manifested, perhaps, in shapes and forms long since withdrawn before the tide of advancing humanity ... forms of which poetry and legend alone have caught a flying memory and called them gods, monsters, mythical beings of all sorts and kinds..."

—Algernon Blackwood.

"The ring of worshipers moved in endless bacchanale between the ring of bodies and the ring of fire."[1]

---

1 Found among the papers of the late Francis Wayland Thurston, of Boston.

LA LLAMADA DE CTHULHU

«De tales grandes poderes o seres puede concebirse una supervivencia... una supervivencia de un periodo enormemente remoto en el que... la conciencia se manifestaba, tal vez, en formas y aspectos retirados hace mucho tiempo ante la marea del avance de la humanidad... formas de las que sólo la poesía y la leyenda han captado un recuerdo fugaz y las han llamado dioses, monstruos, seres míticos de todo tipo y clase...».

—Algernon Blackwood.

«El anillo de los adoradores se movía en una bacanal sin fin entre el anillo de los cuerpos y el anillo de fuego»[1].

---

1 Encontrado entre los papeles del difunto Francis Wayland Thurston, de Boston.

1. The Horror in Clay

The most merciful thing in the world, I think, is the inability of the human mind to correlate all its contents. We live on a placid island of ignorance in the midst of black seas of infinity, and it was not meant that we should voyage far. The sciences, each straining in its own direction, have hitherto harmed us little; but some day the piecing together of dissociated knowledge will open up such terrifying vistas of reality, and of our frightful position therein, that we shall either go mad from the revelation or flee from the deadly light into the peace and safety of a new dark age.

Theosophists have guessed at the awesome grandeur of the cosmic cycle wherein our world and human race form transient incidents. They have hinted at strange survivals in terms which would freeze the blood if not masked by a bland optimism. But it is not from them that there came the single glimpse of forbidden eons which chills me when I think of it and maddens me when I dream of it. That glimpse, like all dread glimpses of truth, flashed out from an accidental piecing together of separated things—in this case an old newspaper item and the notes of a dead professor. I hope that no one else will accomplish this piecing out; certainly, if I live, I shall never knowingly supply a link in so hideous a chain. I think that the professor, too, intended to keep silent regarding the part he knew, and that he would have destroyed his notes had not sudden death seized him.

My knowledge of the thing began in the winter of 1926-27 with the death of my grand-uncle, George Gammell Angell, Professor Emeritus of Semitic languages in Brown University, Providence, Rhode Island. Professor Angell was widely known as an authority on ancient inscriptions, and had frequently been resorted to by the heads of prominent museums; so that his passing at the age of ninety-two may be recalled by many. Locally, interest was intensified by the obscurity of the cause of death. The professor had been stricken whilst returning from the Newport boat; falling suddenly, as witnesses said, after having been jostled by a nautical-looking negro who had come from one of the queer dark courts on the precipitous hillside which formed a short cut from the waterfront to the deceased's home in Williams Street. Physicians were unable to find any visible disorder,

1. El horror en arcilla

Lo más misericordioso del mundo, creo, es la incapacidad de la mente humana para correlacionar todos sus contenidos. Vivimos en una plácida isla de ignorancia en medio de los negros mares del infinito y no estaba previsto que viajáramos lejos. Las ciencias, cada una tirando en su propia dirección, nos han perjudicado poco hasta ahora pero, algún día, el ensamblaje de conocimientos disociados nos abrirá perspectivas tan aterradoras de la realidad y de nuestra espantosa posición en ella, que enloqueceremos por la revelación o huiremos de la luz mortífera hacia la paz y la seguridad de una nueva edad oscura.

Los teósofos han adivinado la impresionante grandeza del ciclo cósmico en el que nuestro mundo y la raza humana forman incidentes efímeros. Han insinuado extrañas supervivencias en términos que helarían la sangre si no estuvieran enmascarados por un anodino optimismo. Pero no fue de ellos de quienes surgió el único atisbo de eones prohibidos que me hiela cuando pienso en ello y me enloquece cuando lo sueño. Ese atisbo, como todos los atisbos terribles de la verdad, surgió de un ensamblaje accidental de cosas dispersas, en este caso un viejo artículo de periódico y las notas de un profesor fallecido. Espero que nadie más logre este ensamblaje; ciertamente, si vivo, nunca suministraré a sabiendas un eslabón de una cadena tan espantosa. Creo que el profesor también tenía la intención de guardar silencio sobre la parte que conocía y que habría destruido sus notas si no le hubiera sorprendido la muerte repentina.

Mi conocimiento del asunto comenzó en el invierno de 1926-27 con la muerte de mi tío abuelo, George Gammell Angell, profesor emérito de lenguas semíticas en la Universidad Brown de Providence, Rhode Island. El Profesor Angell era ampliamente conocido como autoridad en inscripciones antiguas y los directores de destacados museos habían recurrido a él con frecuencia, por lo que su fallecimiento a la edad de noventa y dos años puede ser recordado por muchos. Localmente, el interés se intensificó por la oscuridad de la causa de la muerte. El profesor había sufrido el golpe cuando regresaba del barco de Newport; cayó repentinamente, según dijeron los testigos, tras haber sido empujado por un negro aparentemente marinero que venía de uno de los extraños patios oscuros de la escarpada ladera que formaba un atajo desde el paseo marítimo hasta la casa del fallecido en Williams Street. Los médicos

but concluded after perplexed debate that some obscure lesion of the heart, induced by the brisk ascent of so steep a hill by so elderly a man, was responsible for the end. At the time I saw no reason to dissent from this dictum, but latterly I am inclined to wonder—and more than wonder.

As my granduncle's heir and executor, for he died a childless widower, I was expected to go over his papers with some thoroughness; and for that purpose moved his entire set of files and boxes to my quarters in Boston. Much of the material which I correlated will be later published by the American Archeological Society, but there was one box which I found exceedingly puzzling, and which I felt much averse from showing to other eyes. It had been locked, and I did not find the key till it occurred to me to examine the personal ring which the professor carried always in his pocket. Then, indeed, I succeeded in opening it, but when I did so seemed only to be confronted by a greater and more closely locked barrier. For what could be the meaning of the queer clay bas-relief and the disjointed jottings, ramblings, and cuttings which I found? Had my uncle, in his latter years, become credulous of the most superficial impostures? I resolved to search out the eccentric sculptor responsible for this apparent disturbance of an old man's peace of mind.

The bas-relief was a rough rectangle less than an inch thick and about five by six inches in area; obviously of modern origin. Its designs, however, were far from modern in atmosphere and suggestion; for, although the vagaries of cubism and futurism are many and wild, they do not often reproduce that cryptic regularity which lurks in prehistoric writing. And writing of some kind the bulk of these designs seemed certainly to be; though my memory, despite much familiarity with the papers and collections of my uncle, failed in any way to identify this particular species, or even hint at its remotest affiliations.

Above these apparent hieroglyphics was a figure of evidently pictorial intent, though its impressionistic execution forbade a very clear idea of its nature. It seemed to be a sort of monster, or symbol representing a monster, of a form which only a diseased fancy could conceive. If I say that my somewhat extravagant imagination yielded

fueron incapaces de encontrar algún trastorno visible pero concluyeron tras un perplejo debate que alguna oscura lesión del corazón, inducida por el enérgico ascenso de una colina tan empinada por un hombre tan anciano, era la responsable del desenlace. En aquel momento no vi ninguna razón para disentir de este dictamen pero últimamente me inclino a preguntarme... y a más que a preguntarme.

Como heredero y albacea de mi tío abuelo, ya que murió viudo y sin hijos, se esperaba que revisara sus papeles con cierta minuciosidad y para ello trasladé todo su conjunto de archivos y cajas a mis aposentos en Boston. Gran parte del material que correlacioné será publicado más tarde por la Sociedad Arqueológica Americana pero había una caja que me pareció sumamente desconcertante y que sentí mucha aversión a mostrar a otros ojos. Estaba cerrada y no encontré la llave hasta que se me ocurrió examinar el llavero personal que el profesor llevaba siempre en el bolsillo. Entonces, en efecto, logré abrirla, pero cuando lo hice sólo me pareció encontrarme ante una barrera mayor y más estrechamente cerrada. Porque, ¿cuál podía ser el significado del extraño bajorrelieve de arcilla y de los inconexos apuntes, divagaciones y recortes que encontré? ¿Se había vuelto mi tío, en sus últimos años, crédulo de las imposturas más superficiales? Resolví buscar al excéntrico escultor responsable de esta aparente perturbación de la paz mental de un anciano.

El bajorrelieve era un rectángulo rugoso de menos de una pulgada de grosor y unas cinco por seis pulgadas de superficie; obviamente, de origen moderno. Sus diseños, sin embargo, distaban mucho de ser modernos en atmósfera y sugerencia, pues, aunque los caprichos del cubismo y el futurismo son muchos y salvajes, no suelen reproducir esa regularidad críptica que acecha en la escritura prehistórica. Y escritura de algún tipo parecía ser sin duda la mayor parte de estos diseños; aunque mi memoria, a pesar de estar muy familiarizada con los papeles y colecciones de mi tío, no logró en modo alguno identificar esta clase en particular, ni siquiera insinuar sus afiliaciones más remotas.

Por encima de estos aparentes jeroglíficos había una figura de evidente intención pictórica, aunque su ejecución impresionista impedía hacerse una idea muy clara de su naturaleza. Parecía una especie de monstruo, o un símbolo que representaba a un monstruo, de una forma que sólo una fantasía enferma podía concebir. Si digo que mi ima-

simultaneous pictures of an octopus, a dragon, and a human carica-
ture, I shall not be unfaithful to the spirit of the thing. A pulpy, tenta-
cled head surmounted a grotesque and scaly body with rudimentary
wings; but it was the general outline of the whole which made it most
shockingly frightful. Behind the figure was a vague suggestion of a
Cyclopean architectural background.

The writing accompanying this oddity was, aside from a stack of
press cuttings, in Professor Angell's most recent hand; and made no
pretense to literary style. What seemed to be the main document
was headed "CTHULHU CULT" in characters painstakingly printed
to avoid the erroneous reading of a word so unheard-of. This manuscript was divided into two sections, the first of which was headed "1925—Dream and Dream Work of H. A. Wilcox, 7 Thomas St.,
Providence, R. I.," and the second, "Narrative of Inspector John R.
Legrasse, 121 Bienville St., New Orleans, La., at 1908 A. A. S. Mtg—
Notes on Same, & Prof. Webb's Acct." The other manuscript papers
were all brief notes, some of them accounts of the queer dreams of
different persons, some of them citations from theosophical books
and magazines (notably W. Scott-Eliott's Atlantis and the Lost Lemuria), and the rest comments on long-surviving secret societies and
hidden cults, with references to passages in such mythological and
anthropological source-books as Frazer's Golden Bough and Miss
Murray's Witch-Cult in Western Europe. The cuttings largely alluded
to outré mental illnesses and outbreaks of group folly or mania in the
spring of 1925.

The first half of the principal manuscript told a very peculiar tale.
It appears that on March 1st, 1925, a thin, dark young man of neu-
rotic and excited aspect had called upon Professor Angell bearing the
singular clay bas-relief, which was then exceedingly damp and fresh.
His card bore the name of Henry Anthony Wilcox, and my uncle had
recognized him as the youngest son of an excellent family slightly
known to him, who had latterly been studying sculpture at the Rhode
Island School of Design and living alone at the Fleur-de-Lys Building near that institution. Wilcox was a precocious youth of known genius but great eccentricity, and had from childhood excited attention
through the strange stories and odd dreams he was in the habit of
relating. He called himself "psychically hypersensitive", but the staid
folk of the ancient commercial city dismissed him as merely "queer".

ginación, un tanto extravagante, produjo imágenes simultáneas de un pulpo, un dragón y una caricatura humana, no seré infiel al espíritu del asunto. Una cabeza pulposa y tentaculada coronaba un cuerpo grotesco y escamoso dotado de alas rudimentarias; pero era el contorno general del conjunto lo que lo hacía más espantosamente chocante. Detrás de la figura había una vaga sugerencia de un fondo arquitectónico ciclópeo.

La escritura que acompañaba a esta rareza era, aparte de un montón de recortes de prensa, de puño y letra del Profesor Angell y no tenía ninguna pretensión de estilo literario. Lo que parecía ser el documento principal llevaba por encabezamiento «CULTO CTHULHU» en caracteres minuciosamente impresos para evitar la lectura errónea de una palabra tan inaudita. Este manuscrito estaba dividido en dos secciones, la primera de las cuales se titulaba «1925- Sueño y obra onírica de H. A. Wilcox, 7 Thomas St., Providence, R. I.», y la segunda, «Narrativa del Inspector John R. Legrasse, 121 Bienville St., Nueva Orleans, La., en 1908 A. A. S. Notas de la reunión sobre la mismo, & reseña del Prof. Webb». Los otros papeles escritos a mano eran todos notas breves, algunas de ellas relatos de raros sueños de diferentes personas, otras citas de libros y revistas teosóficas (en particular *Atlantis* y la *Lemuria perdida*, de W. Scott-Eliott), y el resto comentarios sobre sociedades secretas y cultos ocultos que sobreviven desde hace mucho tiempo, con referencias a pasajes de libros-fuente mitológicos y antropológicos como *La rama dorada* de Frazer, y *El culto a las brujas en Europa Occidental* de Miss Murray. Los recortes aludían en gran medida a enfermedades mentales extravagantes y a brotes de locura o manía grupal en la primavera de 1925.

La primera mitad del manuscrito principal contaba una historia muy peculiar. Al parecer, el 1 de marzo de 1925, un joven delgado y moreno, de aspecto neurótico y excitado, había visitado al Profesor Angell portando el singular bajorrelieve de arcilla, que entonces estaba excesivamente húmedo y fresco. Su tarjeta llevaba el nombre de Henry Anthony Wilcox y mi tío lo había reconocido como el hijo menor de una excelente familia ligeramente conocida por él, que en los últimos tiempos había estado estudiando escultura en la Escuela de Diseño de Rhode Island y vivía solo en el edificio Fleur-de-Lys, cerca de dicha institución. Wilcox era un joven precoz conocido por su genio pero de gran excentricidad y desde niño había llamado la atención por las extrañas historias y los sueños raros que tenía por costumbre relatar. Se definía a sí mismo como «psíquicamente hipersensible», pero la estirada gente del antiguo

Never mingling much with his kind, he had dropped gradually from social visibility, and was now known only to a small group of esthetes from other towns. Even the Providence Art Club, anxious to preserve its conservatism, had found him quite hopeless.

On the occasion of the visit, ran the professor's manuscript, the sculptor abruptly asked for the benefit of his host's archeological knowledge in identifying the hieroglyphics on the bas-relief. He spoke in a dreamy, stilted manner which suggested pose and alienated sympathy; and my uncle showed some sharpness in replying, for the conspicuous freshness of the tablet implied kinship with anything but archeology. Young Wilcox's rejoinder, which impressed my uncle enough to make him recall and record it verbatim, was of a fantastically poetic cast which must have typified his whole conversation, and which I have since found highly characteristic of him. He said, "It is new, indeed, for I made it last night in a dream of strange cities; and dreams are older than brooding Tyre, or the contemplative Sphinx, or garden-girdled Babylon."

It was then that he began that rambling tale which suddenly played upon a sleeping memory and won the fevered interest of my uncle. There had been a slight earthquake tremor the night before, the most considerable felt in New England for some years; and Wilcox's imagination had been keenly affected. Upon retiring, he had had an unprecedented dream of great Cyclopean cities of Titan blocks and sky-flung monoliths, all dripping with green ooze and sinister with latent horror. Hieroglyphics had covered the walls and pillars, and from some undetermined point below had come a voice that was not a voice; a chaotic sensation which only fancy could transmute into sound, but which he attempted to render by the almost unpronounceable jumble of letters, "Cthulhu fhtagn".

This verbal jumble was the key to the recollection which excited and disturbed Professor Angell. He questioned the sculptor with scientific minuteness; and studied with almost frantic intensity the bas-relief on which the youth had found himself working, chilled and clad only in his nightclothes, when waking had stolen bewilderingly over him. My uncle blamed his old age, Wilcox afterward said, for his slow-

centro comercial lo tachaba simplemente de «raro». Como nunca se había mezclado mucho con los de su clase, había ido cayendo poco a poco de la visibilidad social y ahora sólo le conocía un pequeño grupo de estetas de otras ciudades. Incluso el Club de Arte de Providence, ansioso por preservar su conservadurismo, lo había considerado bastante inútil.

Con ocasión de la visita, decía el manuscrito del profesor, el escultor solicitó bruscamente el beneficio de los conocimientos arqueológicos de su anfitrión para identificar los jeroglíficos del bajorrelieve. Hablaba de una manera soñadora y rebuscada que sugería una pose y alejaba la simpatía; y mi tío mostró cierta agudeza al responder, pues la llamativa frescura de la tablilla implicaba parentesco con cualquier cosa menos con la arqueología. La réplica del joven Wilcox, que impresionó a mi tío lo suficiente como para que la recordara y la registrara textualmente, tuvo un cariz fantásticamente poético que debió de tipificar toda su conversación y que desde entonces he encontrado muy característico en él. Dijo: «Es nueva, en efecto, pues la hice anoche en un sueño de ciudades extrañas; y los sueños son más antiguos que la melancólica Tiro, o la contemplativa Esfinge, o Babilonia rodeada de jardines».

Fue entonces cuando comenzó aquel relato incoherente que de repente jugó con una memoria dormida y se ganó el febril interés de mi tío. La noche anterior se había producido un leve temblor de tierra, el más considerable sentido en Nueva Inglaterra desde hacía algunos años, y la imaginación de Wilcox se había visto profundamente afectada. Al acostarse, había tenido un sueño sin precedentes de grandes ciudades ciclópeas de bloques titánicos y monolitos suspendidos en el cielo, todo goteante de rezumante verde y siniestro de horror latente. Los jeroglíficos habían cubierto las paredes y los pilares y desde algún punto indeterminado situado más abajo había llegado una voz que no era una voz, una sensación caótica que sólo la fantasía podía transmutar en sonido, pero que él intentó traducir por un amasijo de letras casi impronunciable, «Cthulhu fhtagn».

Este revoltijo verbal era la clave del recuerdo que excitaba y perturbaba al Profesor Angell. Interrogó al escultor con minuciosidad científica y estudió con intensidad casi frenética el bajorrelieve en el que el joven se había encontrado trabajando, helado y vestido sólo con su ropa de dormir, cuando el despertar le había invadido con desconcierto. Mi tío achacaba a su avanzada edad, según dijo después Wilcox, su lentitud

ness in recognizing both hieroglyphics and pictorial design. Many of his questions seemed highly out of place to his visitor, especially those which tried to connect the latter with strange cults or societies; and Wilcox could not understand the repeated promises of silence which he was offered in exchange for an admission of membership in some widespread mystical or paganly religious body. When Professor Angell became convinced that the sculptor was indeed ignorant of any cult or system of cryptic lore, he besieged his visitor with demands for future reports of dreams. This bore regular fruit, for after the first interview the manuscript records daily calls of the young man, during which he related startling fragments of nocturnal imagery whose burden was always some terrible Cyclopean vista of dark and dripping stone, with a subterrene voice or intelligence shouting monotonously in enigmatical sense-impacts uninscribable save as gibberish. The two sounds most frequently repeated are those rendered by the letters "Cthulhu" and "R'lyeh".

On March 23rd, the manuscript continued, Wilcox failed to appear; and inquiries at his quarters revealed that he had been stricken with an obscure sort of fever and taken to the home of his family in Waterman Street. He had cried out in the night, arousing several other artists in the building, and had manifested since then only alternations of unconsciousness and delirium. My uncle at once telephoned the family, and from that time forward kept close watch of the case; calling often at the Thayer Street office of Dr. Tobey, whom he learned to be in charge. The youth's febrile mind, apparently, was dwelling on strange things; and the doctor shuddered now and then as he spoke of them. They included not only a repetition of what he had formerly dreamed, but touched wildly on a gigantic thing "miles high" which walked or lumbered about. He at no time fully described this object, but occasional frantic words, as repeated by Dr. Tobey, convinced the professor that it must be identical with the nameless monstrosity he had sought to depict in his dream-sculpture. Reference to this object, the doctor added, was invariably a prelude to the young man's subsidence into lethargy. His temperature, oddly enough, was not greatly above normal; but the whole condition was otherwise such as to suggest true fever rather than mental disorder.

On April 2nd at about 3 p. m. every trace of Wilcox's malady suddenly ceased. He sat upright in bed, astonished to find himself at

para reconocer tanto los jeroglíficos como el diseño pictórico. Muchas de sus preguntas parecían muy fuera de lugar para su visitante, especialmente las que intentaban relacionar a éste con cultos o sociedades extrañas, y Wilcox no podía entender las repetidas promesas de silencio que le ofrecían a cambio de que admitiera su pertenencia a algún cuerpo místico o pagano religioso muy extendido. Cuando el Profesor Angell se convenció de que el escultor ignoraba efectivamente cualquier culto o sistema de sabiduría críptica, asedió a su visitante con demandas de futuros relatos de sueños. Esto dio sus frutos con regularidad, ya que tras la primera entrevista el manuscrito registra las llamadas diarias del joven, durante las cuales relataba asombrosos fragmentos de imaginería nocturna cuya carga era siempre alguna terrible vista ciclópea de piedra oscura y goteante, con una voz o inteligencia subterránea gritando monótonamente en enigmático sentido impactos inenarrables salvo como galimatías. Los dos sonidos que se repiten con más frecuencia son los representados por las letras «Cthulhu» y «R'lyeh».

El 23 de marzo, continuaba el manuscrito, Wilcox no apareció y las indagaciones en sus aposentos revelaron que había sido aquejado de una especie de fiebre oscura y llevado a casa de su familia en Waterman Street. Había gritado por la noche, despertando a varios artistas del edificio, y desde entonces sólo había manifestado periodos de inconsciencia y delirio. Mi tío telefoneó inmediatamente a la familia y desde entonces vigiló de cerca el caso, llamando a menudo al consultorio de la calle Thayer del Dr. Tobey, quien, según se enteró, estaba a cargo. La mente febril del joven, al parecer, cavilaba sobre cosas extrañas y el doctor se estremecía de vez en cuando al hablar de ellas. Incluían no sólo una repetición de lo que había soñado anteriormente sino que aludían salvajemente a una cosa gigantesca de «millas de altura» que caminaba o se arrastraba. En ningún momento describió completamente este objeto pero, palabras frenéticas ocasionales repetidas por el Dr. Tobey, convencieron al profesor de que debía ser idéntico a la monstruosidad sin nombre que había intentado representar en su sueño-escultura. La referencia a este objeto, añadió el médico, era invariablemente el preludio del hundimiento del joven en el letargo. Su temperatura, por extraño que parezca, no era muy superior a la normal pero todo el estado era por lo demás tal que sugería verdadera fiebre más que trastorno mental.

El 2 de abril, hacia las tres de la tarde, todo rastro del malestar de Wilcox cesó de repente. Se sentó erguido en la cama, asombrado de encon-

home and completely ignorant of what had happened in dream or reality since the night of March 22nd. Pronounced well by his physician, he returned to his quarters in three days; but to Professor Angell he was of no further assistance. All traces of strange dreaming had vanished with his recovery, and my uncle kept no record of his night-thoughts after a week of pointless and irrelevant accounts of thoroughly usual visions.

Here the first part of the manuscript ended, but references to certain of the scattered notes gave me much material for thought—so much, in fact, that only the ingrained skepticism then forming my philosophy can account for my continued distrust of the artist. The notes in question were those descriptive of the dreams of various persons covering the same period as that in which young Wilcox had had his strange visitations. My uncle, it seems, had quickly instituted a prodigiously far-flung body of inquiries amongst nearly all the friends whom he could question without impertinence, asking for nightly reports of their dreams, and the dates of any notable visions for some time past. The reception of his request seems to have been varied; but he must, at the very least, have received more responses than any ordinary man could have handled without a secretary. This original correspondence was not preserved, but his notes formed a thorough and really significant digest. Average people in society and business—New England's traditional "salt of the earth"—gave an almost completely negative result, though scattered cases of uneasy but formless nocturnal impressions appear here and there, always between March 23rd and April 2nd—the period of young Wilcox's delirium. Scientific men were little more affected, though four cases of vague description suggest fugitive glimpses of strange landscapes, and in one case there is mentioned a dread of something abnormal.

It was from the artists and poets that the pertinent answers came, and I know that panic would have broken loose had they been able to compare notes. As it was, lacking their original letters, I half suspected the compiler of having asked leading questions, or of having edited the correspondence in corroboration of what he had latently resolved to see. That is why I continued to feel that Wilcox, somehow cognizant of the old data which my uncle had possessed, had been imposing on the veteran scientist. These responses from esthetes

trarse en casa y completamente ignorante de lo que había sucedido en el sueño o en la realidad desde la noche del 22 de marzo. Declarado sano por su médico, regresó a sus aposentos en tres días; pero al Profesor Angell ya no le sirvió de nada. Todo rastro de sueños extraños se había desvanecido con su recuperación y mi tío no conservó ningún registro de sus pensamientos nocturnos después de una semana de relatos inútiles e irrelevantes de visiones completamente habituales.

Aquí terminaba la primera parte del manuscrito pero las referencias a algunas de las notas dispersas me dieron mucho que pensar; tanto, de hecho, que sólo el arraigado escepticismo que entonces formaba mi filosofía puede explicar mi continua desconfianza hacia el artista. Las notas en cuestión eran descripciones de los sueños de varias personas que abarcaban el mismo período en el que el joven Wilcox había sufrido sus extrañas apariciones. Mi tío, al parecer, había instituido rápidamente un prodigioso cuerpo de indagaciones entre casi todos los amigos a quienes podía interrogar sin impertinencia, pidiendo informes nocturnos de sus sueños y las fechas de cualquier visión notable durante algún tiempo pasado. La recepción de su petición parece haber sido variada pero, como mínimo, debió de recibir más respuestas de las que cualquier hombre corriente podría haber procesado sin un secretario. Esta correspondencia original no se conservó, pero sus notas formaron un compendio exhaustivo y realmente significativo. La gente corriente, de la sociedad y los negocios —la tradicional «sal de la tierra» de Nueva Inglaterra—, dio un resultado casi completamente negativo, aunque aparecen aquí y allá casos dispersos de impresiones nocturnas inquietantes pero sin forma, siempre entre el 23 de marzo y el 2 de abril, el periodo del delirio del joven Wilcox. Los científicos se vieron poco más afectados, aunque cuatro casos de vaga descripción sugieren fugaces atisbos de paisajes extraños y en uno de ellos se menciona el temor a algo anormal.

Fue de los artistas y poetas de donde salieron las respuestas pertinentes y sé que se habría desatado el pánico si hubieran podido comparar notas. Así las cosas, al carecer de sus cartas originales, sospeché a medias que el compilador había formulado preguntas capciosas o que había editado la correspondencia para corroborar lo que había resuelto ver de forma latente. Por eso seguía pensando que Wilcox, conocedor de algún modo de los antiguos datos que poseía mi tío, se había aprovechado del veterano científico. Estas respuestas de los estetas contaban una

told a disturbing tale. From February 28th to April 2nd a large proportion of them had dreamed very bizarre things, the intensity of the dreams being immeasurably the stronger during the period of the sculptor's delirium. Over a fourth of those who reported anything, reported scenes and half-sounds not unlike those which Wilcox had described; and some of the dreamers confessed acute fear of the gigantic nameless thing visible toward the last. One case, which the note describes with emphasis, was very sad. The subject, a widely known architect with leanings toward theosophy and occultism, went violently insane on the date of young Wilcox's seizure, and expired several months later after incessant screamings to be saved from some escaped denizen of hell. Had my uncle referred to these cases by name instead of merely by number, I should have attempted some corroboration and personal investigation; but as it was, I succeeded in tracing down only a few. All of these, however, bore out the notes in full. I have often wondered if all the objects of the professor's questioning felt as puzzled as did this fraction. It is well that no explanation shall ever reach them.

The press cuttings, as I have intimated, touched on cases of panic, mania, and eccentricity during the given period. Professor Angell must have employed a cutting bureau, for the number of extracts was tremendous, and the sources scattered throughout the globe. Here was a nocturnal suicide in London, where a lone sleeper had leaped from a window after a shocking cry. Here likewise a rambling letter to the editor of a paper in South America, where a fanatic deduces a dire future from visions he has seen. A dispatch from California describes a theosophist colony as donning white robes en masse for some "glorious fulfilment" which never arrives, whilst items from India speak guardedly of serious native unrest toward the end of March. Voodoo orgies multiply in Haiti, and African outposts report ominous mutterings. American officers in the Philippines find certain tribes bothersome about this time, and New York policemen are mobbed by hysterical Levantines on the night of March 22-23. The west of Ireland, too, is full of wild rumor and legendry, and a fantastic painter named Ardois-Bonnot hangs a blasphemous Dream Landscape in the Paris spring salon of 1926. And so numerous are the recorded troubles in insane asylums that only a miracle can have stopped the medical fraternity from noting strange parallelisms and

historia inquietante. Del 28 de febrero al 2 de abril una gran proporción de ellos había soñado cosas muy extrañas, siendo la intensidad de los sueños inconmensurablemente mayor durante el periodo de delirio del escultor. Más de una cuarta parte de los que informaron de algo relataron escenas y sonidos a medias no muy diferentes de los que Wilcox había descrito y algunos de los soñadores confesaron un miedo agudo a la gigantesca cosa sin nombre visible hacia el final. Un caso, que la nota describe con énfasis, fue muy triste. El sujeto, un arquitecto muy conocido con inclinaciones hacia la teosofía y el ocultismo, enloqueció violentamente en la fecha del ataque del joven Wilcox y expiró varios meses después tras incesantes gritos pidiendo ser salvado de algún habitante fugitivo del infierno. Si mi tío se hubiera referido a estos casos por su nombre en lugar de meramente por su número, yo habría intentado alguna corroboración e investigación personal pero, tal como estaban las cosas, sólo logré rastrear unos pocos. Todos ellos, sin embargo, corroboraban las notas en su totalidad. A menudo me he preguntado si todos los sujetos que fueron objeto del interrogatorio del profesor se sintieron tan desconcertados como esta selección. Es bueno que nunca obtengan una explicación.

Los recortes de prensa, como ya he insinuado, trataban casos de pánico, manía y excentricidad durante el periodo indicado. El Profesor Angell debió de emplear un buró de recortes, pues el número de extractos era tremendo y las fuentes dispersas por todo el globo. He aquí un suicidio nocturno en Londres, donde un durmiente solitario había saltado de una ventana tras un grito estremecedor. He aquí igualmente una incoherente carta al director de un periódico de Sudamérica, en la que un fanático deduce un futuro funesto a partir de visiones que ha tenido. Un despacho de California describe una colonia teósofa que se viste en masa con túnicas blancas para alguna «gloriosa realización» que nunca llega, mientras que artículos de la India hablan con cautela de graves disturbios entre los nativos hacia finales de marzo. Las orgías vudú se multiplican en Haití y los destacamentos africanos informan de murmullos ominosos. Los oficiales estadounidenses en Filipinas encuentran que ciertas tribus les resultan molestas por estas fechas y los policías de Nueva York son asaltados por levantinos histéricos en la noche del 22 al 23 de marzo. También el oeste de Irlanda está lleno de rumores y leyendas salvajes y un pintor fantástico llamado Ardois-Bonnot cuelga un blasfemo «Paisaje de ensueño» en el Salón de Primavera de París de 1926. Y son tan numerosos los trastornos registrados en

drawing mystified conclusions. A weird bunch of cuttings, all told; and I can at this date scarcely envisage the callous rationalism with which I set them aside. But I was then convinced that young Wilcox had known of the older matters mentioned by the professor.

manicomios que sólo un milagro puede haber impedido que la fraternidad médica observara extraños paralelismos y extrajera conclusiones desconcertantes. Un extraño conjunto de recortes, en suma... y en estos momentos apenas puedo imaginar el insensible racionalismo con el que los dejé de lado. Pero en aquel entonces yo estaba convencido de que el joven Wilcox había tenido conocimiento de los asuntos más antiguos mencionados por el profesor.

2. The Tale of Inspector Legrasse

The older matters which had made the sculptor's dream and bas-relief so significant to my uncle formed the subject of the second half of his long manuscript. Once before, it appears, Professor Angell had seen the hellish outlines of the nameless monstrosity, puzzled over the unknown hieroglyphics, and heard the ominous syllables which can be rendered only as "Cthulhu"; and all this in so stirring and horrible a connection that it is small wonder he pursued young Wilcox with queries and demands for data.

This earlier experience had come in 1908, seventeen years before, when the American Archeological Society held its annual meeting in St. Louis. Professor Angell, as befitted one of his authority and attainments, had had a prominent part in all the deliberations; and was one of the first to be approached by the several outsiders who took advantage of the convocation to offer questions for correct answering and problems for expert solution.

The chief of these outsiders, and in a short time the focus of interest for the entire meeting, was a commonplace-looking middle-aged man who had traveled all the way from New Orleans for certain special information unobtainable from any local source. His name was John Raymond Legrasse, and he was by profession an inspector of police. With him he bore the subject of his visit, a grotesque, repulsive, and apparently very ancient stone statuette whose origin he was at a loss to determine.

It must not be fancied that Inspector Legrasse had the least interest in archeology. On the contrary, his wish for enlightenment was prompted by purely professional considerations. The statuette, idol, fetish, or whatever it was, had been captured some months before in the wooded swamps south of New Orleans during a raid on a supposed voodoo meeting; and so singular and hideous were the rites connected with it, that the police could not but realize that they had stumbled on a dark cult totally unknown to them, and infinitely more diabolic than even the blackest of the African voodoo circles. Of its origin, apart from the erratic and unbelievable tales extorted from

2. El relato del Inspector Legrasse

Los asuntos más antiguos que habían hecho que el sueño y el bajorrelieve del escultor fueran tan significativos para mi tío constituyeron el tema de la segunda mitad de su largo manuscrito. Al parecer, en una ocasión anterior, el Profesor Angell había visto los contornos infernales de la monstruosidad sin nombre, se había intrigado con los jeroglíficos desconocidos y había oído las ominosas sílabas que sólo pueden traducirse como «Cthulhu», y todo ello relacionado de forma tan perturbadora y horrible que no es de extrañar que acosara al joven Wilcox con preguntas y solicitudes de datos.

Esta experiencia anterior había tenido lugar en 1908, diecisiete años antes, cuando la Sociedad Arqueológica Americana celebró su reunión anual en St. Louis. El Profesor Angell, como correspondía a alguien de su autoridad y sus logros, había tenido un papel destacado en todas las deliberaciones y fue uno de los primeros en ser abordado por los varios extranjeros que aprovecharon la convocatoria para plantear preguntas que necesitaban una respuesta correcta y problemas que requerían una solución experta.

El principal de estos extranjeros, y en poco tiempo el centro de interés de toda la reunión, era un hombre de mediana edad y aspecto corriente que había viajado desde Nueva Orleans en busca de cierta información especial que no se podía obtener de ninguna fuente local. Se llamaba John Raymond Legrasse y era de profesión inspector de policía. Con él llevaba el objeto de su visita, una estatuilla de piedra grotesca, repulsiva y aparentemente muy antigua cuyo origen no lograba determinar.

No debe creerse que el Inspector Legrasse tuviera el menor interés por la arqueología. Al contrario, su deseo de esclarecimiento obedecía a consideraciones puramente profesionales. La estatuilla, ídolo, fetiche, o lo que fuera, había sido capturada unos meses antes en los pantanos boscosos al sur de Nueva Orleans durante una incursión en una supuesta reunión vudú y tan singulares y horrendos eran los ritos relacionados con ella que la policía no pudo sino darse cuenta de que habían tropezado con un oscuro culto totalmente desconocido para ellos e infinitamente más diabólico que incluso el más negro de los círculos vudú africanos. De su origen, aparte de los erráticos e increíbles relatos

the captured members, absolutely nothing was to be discovered; hence the anxiety of the police for any antiquarian lore which might help them to place the frightful symbol, and through it track down the cult to its fountain-head.

Inspector Legrasse was scarcely prepared for the sensation which his offering created. One sight of the thing had been enough to throw the assembled men of science into a state of tense excitement, and they lost no time in crowding around him to gaze at the diminutive figure whose utter strangeness and air of genuinely abysmal antiquity hinted so potently at unopened and archaic vistas. No recognized school of sculpture had animated this terrible object, yet centuries and even thousands of years seemed recorded in its dim and greenish surface of unplaceable stone.

The figure, which was finally passed slowly from man to man for close and careful study, was between seven and eight inches in height, and of exquisitely artistic workmanship. It represented a monster of vaguely anthropoid outline, but with an octopuslike head whose face was a mass of feelers, a scaly, rubbery-looking body, prodigious claws on hind and fore feet, and long, narrow wings behind. This thing, which seemed instinct with a fearsome and unnatural malignancy, was of a somewhat bloated corpulence, and squatted evilly on a rectangular block or pedestal covered with undecipherable characters. The tips of the wings touched the back edge of the block, the seat occupied the center, whilst the long, curved claws of the doubled-up, crouching hind legs gripped the front edge and extended a quarter of the way down toward the bottom of the pedestal. The cephalopod head was bent forward, so that the ends of the facial feelers brushed the backs of huge forepaws which clasped the croucher's elevated knees. The aspect of the whole was abnormally lifelike, and the more subtly fearful because its source was so totally unknown. Its vast, awesome, and incalculable age was unmistakable; yet not one link did it show with any known type of art belonging to civilization's youth—or indeed to any other time.

Totally separate and apart, its very material was a mystery; for the soapy, greenish-black stone with its golden or iridescent flecks

arrancados a los miembros capturados, no se pudo descubrir absolutamente nada, de ahí la ansiedad de la policía por conocer cualquier dato anticuario que pudiera ayudarles a situar el espantoso símbolo y, a través de él, rastrear el culto hasta su origen.

El Inspector Legrasse apenas estaba preparado para la sensación que causó su ofrenda. Una sola visión de la cosa había bastado para sumir a los hombres de ciencia reunidos en un estado de tensa excitación y no tardaron en agruparse a su alrededor para contemplar la diminuta figura cuya absoluta extrañeza y aire de antigüedad genuinamente abismal insinuaban con tanta potencia unas visiones arcaicas y sin revelar. Ninguna escuela reconocida de escultura había animado este terrible objeto y, sin embargo, siglos e incluso miles de años parecían grabados en su tenue y verdosa superficie de piedra insustituible.

La figura, que finalmente fue pasada lentamente de persona a persona para su estudio minucioso y cuidadoso medía entre siete y ocho pulgadas y era de exquisita factura artística. Representaba un monstruo de contorno vagamente antropoide, pero con una cabeza parecida a la de un pulpo cuyo rostro era una masa de antenas, un cuerpo escamoso y de aspecto gomoso, garras prodigiosas en las patas traseras y delanteras, y unas alas largas y estrechas detrás. Esta cosa, que parecía instinada con una malignidad temible y antinatural, era de una corpulencia algo hinchada y estaba acuclillada malignamente sobre un bloque rectangular o pedestal cubierto de caracteres indescifrables. Las puntas de las alas tocaban el borde posterior del bloque, el asiento ocupaba el centro, mientras que las largas y curvadas garras de las patas traseras dobladas y agazapadas se agarraban al borde delantero y se extendían una cuarta parte hacia la parte inferior del pedestal. La cabeza del cefalópodo estaba inclinada hacia delante, de modo que los extremos de las antenas faciales rozaban la parte posterior de las enormes patas delanteras que sujetaban las rodillas elevadas del acuclillado. El aspecto del conjunto era anormalmente realista y aún más sutilmente aterrador porque su origen era totalmente desconocido. Su vasta, imponente e incalculable antigüedad era inconfundible, sin embargo, no mostraba ningún vínculo con ningún tipo de arte conocido perteneciente a la juventud de la civilización... o, de hecho, a ninguna otra época.

Absolutamente aparte y por separado, su propio material era un misterio pues la piedra jabonosa, de color negro verdoso, con sus motas y

and striations resembled nothing familiar to geology or mineralogy. The characters along the base were equally baffling; and no member present, despite a representation of half the world's expert learning in this field, could form the least notion of even their remotest linguistic kinship. They, like the subject and material, belonged to something horribly remote and distinct from mankind as we know it; something frightfully suggestive of old and unhallowed cycles of life in which our world and our conceptions have no part.

And yet, as the members severally shook their heads and confessed defeat at the inspector's problem, there was one man in that gathering who suspected a touch of bizarre familiarity in the monstrous shape and writing, and who presently told with some diffidence of the odd trifle he knew. This person was the late William Channing Webb, professor of anthropology in Princeton University, and an explorer of no slight note.

Professor Webb had been engaged, forty-eight years before, in a tour of Greenland and Iceland in search of some Runic inscriptions which he failed to unearth; and whilst high up on the West Greenland coast had encountered a singular tribe or cult of degenerate Eskimos whose religion, a curious form of devil-worship, chilled him with its deliberate bloodthirstiness and repulsiveness. It was a faith of which other Eskimos knew little, and which they mentioned only with shudders, saying that it had come down from horribly ancient eons before ever the world was made. Besides nameless rites and human sacrifices there were certain queer hereditary rituals addressed to a supreme elder devil or tornasuk; and of this Professor Webb had taken a careful phonetic copy from an aged angekok or wizard-priest, expressing the sounds in Roman letters as best he knew how. But just now of prime significance was the fetish which this cult had cherished, and around which they danced when the aurora leaped high over the ice cliffs. It was, the professor stated, a very crude bas-relief of stone, comprising a hideous picture and some cryptic writing. And as far as he could tell, it was a rough parallel in all essential features of the bestial thing now lying before the meeting.

These data, received with suspense and astonishment by the as-

estrías doradas o iridiscentes, no se parecía a nada familiar a la geología o la mineralogía. Los caracteres a lo largo de la base eran igualmente desconcertantes y ningún miembro presente, a pesar de una representación de la mitad del mundo experta en este campo, pudo formarse la menor noción de su más remoto parentesco lingüístico. Al igual que el tema y el material, pertenecían a algo horriblemente remoto y distinto de la humanidad tal y como la conocemos, algo espantosamente sugestivo de ciclos de vida antiguos y profanos en los que nuestro mundo y nuestras concepciones no tienen nada que ver.

Y sin embargo, mientras los miembros sacudían la cabeza por separado y se confesaban derrotados ante el problema del inspector, hubo un hombre en aquella reunión que intuyó un toque de extraña familiaridad en la monstruosa forma y escritura y en seguida contó, con cierta timidez, la extraña nimiedad que conocía. Esta persona era el difunto William Channing Webb, profesor de antropología en la Universidad de Princeton y explorador de no poca nota.

El Profesor Webb había emprendido, cuarenta y ocho años antes, un viaje por Groenlandia e Islandia en busca de unas inscripciones rúnicas que no consiguió desenterrar y mientras se encontraba en lo alto de la costa occidental de Groenlandia se había topado con una singular tribu o culto de esquimales degenerados cuya religión, una curiosa forma de adoración al diablo, le dejó helado por su deliberada sed de sangre y su repulsividad. Era una fe de la que los demás esquimales sabían poco y que mencionaban sólo con escalofríos, diciendo que había descendido de eones horriblemente antiguos, antes de que existiera el mundo. Además de ritos sin nombre y sacrificios humanos había ciertos extraños rituales hereditarios dirigidos a un diablo anciano supremo, o tornasuk, y de esto el Profesor Webb había tomado una cuidadosa copia fonética de un anciano angekok, o sacerdote mago, expresando los sonidos en letras romanas lo mejor que sabía. Pero ahora lo más importante era el fetiche que este culto había acariciado y alrededor del cual bailaban cuando la aurora saltaba por encima de los acantilados de hielo. Se trataba, según declaró el profesor, de un bajorrelieve de piedra muy tosco, compuesto por una horrible imagen y alguna escritura críptica. Y, por lo que pudo comprobar, era un burdo paralelismo en todos los rasgos esenciales de la bestial cosa que ahora yacía ante la reunión.

Estos datos, recibidos con suspenso y asombro por los miembros re-

sembled members, proved doubly exciting to Inspector Legrasse; and he began at once to ply his informant with questions. Having noted and copied an oral ritual among the swamp cult-worshipers his men had arrested, he besought the professor to remember as best he might the syllables taken down amongst the diabolist Eskimos. There then followed an exhaustive comparison of details, and a moment of really awed silence when both detective and scientist agreed on the virtual identity of the phrase common to two hellish rituals so many worlds of distance apart. What, in substance, both the Eskimo wizards and the Louisiana swamp-priests had chanted to their kindred idols was something very like this—the word-divisions being guessed at from traditional breaks in the phrase as chanted aloud:

"Ph'nglui mglw'nafh Cthulhu R'lyeh wgah'nagl fhtagn."

Legrasse had one point in advance of Professor Webb, for several among his mongrel prisoners had repeated to him what older celebrants had told them the words meant. This text, as given, ran something like this:

"In his house at R'lyeh dead Cthulhu waits dreaming."

And now, in response to a general urgent demand, Inspector Legrasse related as fully as possible his experience with the swamp worshipers; telling a story to which I could see my uncle attached profound significance. It savored of the wildest dreams of myth-maker and theosophist, and disclosed an astonishing degree of cosmic imagination among such half-castes and pariahs as might be least expected to possess it.

On November 1st, 1907, there had come to New Orleans police a frantic summons from the swamp and lagoon country to the south. The squatters there, mostly primitive but good-natured descendants of Lafitte's men, were in the grip of stark terror from an unknown thing which had stolen upon them in the night. It was voodoo, apparently, but voodoo of a more terrible sort than they had ever known; and some of their women and children had disappeared since the malevolent tom-tom had begun its incessant beating far within the black haunted woods where no dweller ventured. There were insane

unidos, resultaron doblemente excitantes para el Inspector Legrasse y comenzó de inmediato a apremiar a su informante con preguntas. Habiendo anotado y copiado un ritual oral entre los adoradores del culto del pantano que sus hombres habían detenido, rogó al profesor que recordara lo mejor posible las sílabas anotadas entre los esquimales diabolistas. Siguió entonces una exhaustiva comparación de detalles y un momento de silencio realmente sobrecogedor cuando tanto el detective como el científico coincidieron en la identidad prácticamente total de la frase común a dos rituales infernales separados por tantos mundos de distancia. Lo que, en esencia, tanto los magos esquimales como los sacerdotes de los pantanos de Luisiana habían cantado a sus ídolos afines era algo muy parecido a esto... las divisiones de palabras se deducían de las pausas tradicionales en la frase cantada en voz alta:

«Ph'nglui mglw'nafh Cthulhu R'lyeh wgah'nagl fhtagn.»

Legrasse llevaba un punto de ventaja al Profesor Webb, ya que varios de sus prisioneros mestizos le habían repetido lo que los celebrantes de más edad les habían dicho que significaban las palabras. Este texto, tal y como se lo transmitieron, decía algo así:

«En su casa de R'lyeh, Cthulhu muerto espera soñando».

Y ahora, en respuesta al pedido general, el Inspector Legrasse relató lo más detalladamente posible su experiencia con los adoradores del pantano, contando una historia a la que pude ver que mi tío concedía un profundo significado. Sabía a los sueños más salvajes de los creadores de mitos y teósofos y revelaba un grado asombroso de imaginación cósmica entre los mestizos y parias que menos cabría esperar que la poseyeran.

El 1 de noviembre de 1907 llegó a la policía de Nueva Orleans una frenética llamada de la región de pantanos y lagunas del sur. Los ocupantes de allí, en su mayoría primitivos pero bondadosos descendientes de los hombres de Lafitte, estaban presos de un terror atroz a causa de una cosa desconocida que les había asaltado por la noche. Era vudú, aparentemente, pero vudú de un tipo más terrible que el que habían conocido nunca y algunas de sus mujeres y niños habían desaparecido desde que el malévolo tom-tom había comenzado su incesante latido, lejos, en los negros bosques encantados donde ningún habitante se aventuraba.

shouts and harrowing screams, soul-chilling chants and dancing devil-flames; and, the frightened messenger added, the people could stand it no more.

So a body of twenty police, filling two carriages and an automobile, had set out in the late afternoon with the shivering squatter as a guide. At the end of the passable road they alighted, and for miles splashed on in silence through the terrible cypress woods where day never came. Ugly roots and malignant hanging nooses of Spanish moss beset them, and now and then a pile of dank stones or fragments of a rotting wall intensified by its hint of morbid habitation a depression which every malformed tree and every fungous islet combined to create. At length the squatter settlement, a miserable huddle of huts, hove in sight; and hysterical dwellers ran out to cluster around the group of bobbing lanterns. The muffled beat of tom-toms was now faintly audible far, far ahead; and a curdling shriek came at infrequent intervals when the wind shifted. A reddish glare, too, seemed to filter through the pale undergrowth beyond endless avenues of forest night. Reluctant even to be left alone again, each one of the cowed squatters refused point-blank to advance another inch toward the scene of unholy worship, so Inspector Legrasse and his nineteen colleagues plunged on unguided into black arcades of horror that none of them had ever trod before.

The region now entered by the police was one of traditionally evil repute, substantially unknown and untraversed by white men. There were legends of a hidden lake unglimpsed by mortal sight, in which dwelt a huge, formless white polypous thing with luminous eyes; and squatters whispered that bat-winged devils flew up out of caverns in inner earth to worship it at midnight. They said it had been there before D'Iberville, before La Salle, before the Indians, and before even the wholesome beasts and birds of the woods. It was nightmare itself, and to see it was to die. But it made men dream, and so they knew enough to keep away. The present voodoo orgy was, indeed, on the merest fringe of this abhorred area, but that location was bad enough; hence perhaps the very place of the worship had terrified the squatters more than the shocking sounds and incidents.

Hubo gritos demenciales y alaridos desgarradores, cánticos que helaban el alma y danzas con llamas diabólicas y, añadió el asustado mensajero, la gente no podía soportarlo más.

Así que un cuerpo de veinte policías, llenando dos vagones y un automóvil, se había puesto en marcha a última hora de la tarde con el tembloroso ocupante como guía. Al final de la carretera transitable se apearon y durante kilómetros avanzaron en silencio por los terribles bosques de cipreses donde nunca llegaba el día. Feas raíces y malignos lazos colgantes de musgo español les acosaban y de vez en cuando un montón de piedras húmedas o fragmentos de un muro podrido intensificaban con su indicio de morbosa morada una depresión que cada árbol malformado y cada islote fúngico contribuía a crear. Por fin se divisó el ocupamiento de colonos, un miserable montón de chozas, y los histéricos habitantes salieron corriendo para agruparse en torno al grupo de linternas oscilantes. El golpe sordo de los tom-toms era ahora débilmente audible a lo lejos, muy lejos, y un chillido cuajado llegaba a intervalos infrecuentes cuando el viento cambiaba de dirección. Un resplandor rojizo, también, parecía filtrarse a través de la pálida maleza más allá de las interminables avenidas de la noche del bosque. Reacios incluso a que les volvieran a dejar solos, cada uno de los acobardados ocupantes se negó rotundamente a avanzar ni una pulgada más hacia la escena del culto impío, por lo que el Inspector Legrasse y sus diecinueve colegas se adentraron sin guía en negras arcadas de horror que ninguno de ellos había pisado antes.

La región en la que ahora entraba la policía tenía una reputación tradicionalmente maléfica, sustancialmente desconocida y jamás transitada por los hombres blancos. Existían leyendas de un lago oculto, no vislumbrado por la vista de los mortales, en el que habitaba un enorme ser polipoide blanco e informe con ojos luminosos y los ocupantes susurraban que demonios con alas de murciélago salían volando de las cavernas del interior de la tierra para adorarlo a medianoche. Decían que había estado allí antes que D'Iberville, antes que La Salle, antes que los indios y antes incluso que las sanas bestias y pájaros del bosque. Era la pesadilla misma y verlo era morir. Pero hacía soñar a los hombres y por eso sabían lo suficiente como para mantenerse alejados. La presente orgía vudú se encontraba, en efecto, en la mera periferia de esta aborrecida zona, pero esa ubicación ya era suficientemente mala, de ahí que tal vez el propio lugar del culto hubiera aterrorizado a los ocupantes

Only poetry or madness could do justice to the noises heard by Legrasse's men as they plowed on through the black morass toward the red glare and the muffled tom-toms. There are vocal qualities peculiar to men, and vocal qualities peculiar to beasts; and it is terrible to hear the one when the source should yield the other. Animal fury and orgiastic license here whipped themselves to demoniac heights by howls and squawking ecstasies that tore and reverberated through those nighted woods like pestilential tempests from the gulfs of hell. Now and then the less organized ululations would cease, and from what seemed a well-drilled chorus of hoarse voices would rise in singsong chant that hideous phrase or ritual:

"Ph'nglui mglw'nafh Cthulhu R'lyeh wgah'nagl fhtagn."

Then the men, having reached a spot where the trees were thinner, came suddenly in sight of the spectacle itself. Four of them reeled, one fainted, and two were shaken into a frantic cry which the mad cacophony of the orgy fortunately deadened. Legrasse dashed swamp water on the face of the fainting man, and all stood trembling and nearly hypnotized with horror.

In a natural glade of the swamp stood a grassy island of perhaps an acre's extent, clear of trees and tolerably dry. On this now leaped and twisted a more indescribable horde of human abnormality than any but a Sime or an Angarola could paint. Void of clothing, this hybrid spawn were braying, bellowing and writhing about a monstrous ring-shaped bonfire; in the center of which, revealed by occasional rifts in the curtain of flame, stood a great granite monolith some eight feet in height; on top of which, incongruous in its diminutiveness, rested the noxious carven statuette. From a wide circle of ten scaffolds set up at regular intervals with the flame-girt monolith as a center hung, head downward, the oddly marred bodies of the helpless squatters who had disappeared. It was inside this circle that the ring of worshipers jumped and roared, the general direction of the mass motion being from left to right in endless bacchanale between the ring of bodies and the ring of fire.

más que los estremecedores sonidos e incidentes.

Sólo la poesía o la locura podrían hacer justicia a los ruidos que oían los hombres de Legrasse mientras avanzaban a través del negro cenagal hacia el rojo resplandor y los amortiguados tom-toms. Hay cualidades vocales propias de los hombres y cualidades vocales propias de las bestias y es terrible oír las unas cuando la fuente debería producir las otras. La furia animal y la licencia orgiástica se fustigaban aquí hasta cotas demoníacas mediante aullidos y éxtasis graznantes que desgarraban y reverberaban por aquellos bosques nocturnos como tempestades pestilentes procedentes de los golfos del infierno. De vez en cuando cesaban las ululaciones menos coordinadas y, de lo que parecía un coro bien entrenado de voces roncas, se elevaba en canto entonado aquella horrible frase o ritual:

«Ph'nglui mglw'nafh Cthulhu R'lyeh wgah'nagl fhtagn.»

Entonces los hombres, habiendo llegado a un lugar donde los árboles eran menos densos, se encontraron de repente a la vista del espectáculo en sí. Cuatro de ellos se tambaleaban, uno se desmayó y dos se agitaron en un grito frenético que la loca cacofonía de la orgía afortunadamente acalló. Legrasse arrojó agua del pantano sobre la cara del desmayado y todos se quedaron temblando y casi hipnotizados por el horror.

En un claro natural del pantano había una isla cubierta de hierba de quizás un acre de extensión, despejada de árboles y tolerablemente seca. Sobre ella saltaba y se retorcía ahora una horda de anormalidad humana más indefinible de lo que cualquiera salvo Sime o Angarola podría pintar. Desprovistos de vestimenta, estos engendros híbridos rebuznaban, bramaban y se retorcían alrededor de una monstruosa hoguera en forma de anillo; en el centro de la cual, revelado por ocasionales hendiduras en la cortina de llamas, se alzaba un gran monolito de granito de unos ocho pies de altura; encima del cual, incongruente en su pequeñez, descansaba la nociva estatuilla tallada. De un amplio círculo de diez andamios colocados a intervalos regulares con el monolito de faldas de llamas como centro colgaban, cabeza abajo, los cuerpos extrañamente desfigurados de los indefensos ocupantes que habían desaparecido. Era dentro de este círculo donde el anillo de adoradores saltaba y rugía, pues la dirección general del movimiento de la masa era de izquierda a derecha en una bacanal interminable entre el anillo de

It may have been only imagination and it may have been only echoes which induced one of the men, an excitable Spaniard, to fancy he heard antiphonal responses to the ritual from some far and unillumined spot deeper within the wood of ancient legendry and horror. This man, Joseph D. Galvez, I later met and questioned; and he proved distractingly imaginative. He indeed went so far as to hint of the faint beating of great wings, and of a glimpse of shining eyes and a mountainous white bulk beyond the remotest trees—but I suppose he had been hearing too much native superstition.

Actually, the horrified pause of the men was of comparatively brief duration. Duty came first; and although there must have been nearly a hundred mongrel celebrants in the throng, the police relied on their firearms and plunged determinedly into the nauseous rout. For five minutes the resultant din and chaos were beyond description. Wild blows were struck, shots were fired, and escapes were made; but in the end Legrasse was able to count some forty-seven sullen prisoners, whom he forced to dress in haste and fall into line between two rows of policemen. Five of the worshipers lay dead, and two severely wounded ones were carried away on improvised stretchers by their fellow-prisoners. The image on the monolith, of course, was carefully removed and carried back by Legrasse.

Examined at headquarters after a trip of intense strain and weariness, the prisoners all proved to be men of a very low, mixed-blooded, and mentally aberrant type. Most were seamen, and a sprinkling of negroes and mulattoes, largely West Indians or Brava Portuguese from the Cape Verde Islands, gave a coloring of voodooism to the heterogeneous cult. But before many questions were asked, it became manifest that something far deeper and older than negro fetishism was involved. Degraded and ignorant as they were, the creatures held with surprizing consistency to the central idea of their loathsome faith.

They worshiped, so they said, the Great Old Ones who lived ages before there were any men, and who came to the young world out of the sky. Those Old Ones were gone now, inside the earth and un-

cuerpos y el anillo de fuego.

Puede que sólo fuera imaginación y puede que sólo fueran ecos lo que indujo a uno de los hombres, un español excitable, a fantasear que oía respuestas antifonales al ritual desde algún lugar lejano y carente de iluminación, en lo más profundo del bosque, de antiguas leyendas y horrores. A este hombre, Joseph D. Gálvez, lo conocí más tarde y lo interrogué, y resultó ser distraídamente imaginativo. De hecho, llegó a insinuar el débil batir de grandes alas y a vislumbrar unos ojos brillantes y una mole blanca y montañosa más allá de los árboles más remotos; pero supongo que había estado oyendo demasiadas supersticiones nativas.

En realidad, la horrorizada pausa de los hombres fue de duración comparativamente breve. El deber era lo primero y aunque debía de haber casi un centenar de celebrantes mestizos en la muchedumbre, la policía confió en sus armas de fuego y se zambulló con determinación en la horda nauseabunda. Durante cinco minutos el estruendo y el caos resultantes fueron indescriptibles. Se produjeron golpes salvajes, disparos y fugas pero, al final, Legrasse pudo contar unos cuarenta y siete hoscos prisioneros a los que obligó a vestirse apresuradamente y a colocarse en una sola fila, entre dos filas de policías. Cinco de los fieles yacían muertos y dos gravemente heridos fueron llevados en camillas improvisadas por sus compañeros de prisión. La imagen del monolito, por supuesto, fue cuidadosamente retirada y traída de vuelta por Legrasse.

Examinados en el cuartel general tras un viaje agotador, todos los prisioneros resultaron ser hombres de un tipo muy bajo, mestizos y mentalmente aberrantes. La mayoría eran marineros y una pizca de negros y mulatos, en su mayoría antillanos o portugueses de Brava procedentes de las islas de Cabo Verde, daba un tinte de vudú al heterogéneo culto. Pero antes de que se hicieran muchas preguntas, se hizo evidente que se trataba de algo mucho más profundo y antiguo que el fetichismo negro. Degradadas e ignorantes como eran, las criaturas se aferraban con sorprendente coherencia a la idea central de su repugnante fe.

Adoraban, según decían, a los Grandes Antiguos que vivieron siglos antes de que existieran los hombres y que vinieron al joven mundo desde el cielo. Esos Antiguos se habían ido ahora, al interior de la tierra y

der the sea; but their dead bodies had told their secrets in dreams to the first man, who formed a cult which had never died. This was that cult, and the prisoners said it had always existed and always would exist, hidden in distant wastes and dark places all over the world until the time when the great priest Cthulhu, from his dark house in the mighty city of R'lyeh under the waters, should rise and bring the earth again beneath his sway. Some day he would call, when the stars were ready, and the secret cult would always be waiting to liberate him.

Meanwhile no more must be told. There was a secret which even torture could not extract. Mankind was not absolutely alone among the conscious things of earth, for shapes came out of the dark to visit the faithful few. But these were not the Great Old Ones. No man had ever seen the Old Ones. The carven idol was great Cthulhu, but none might say whether or not the others were precisely like him. No one could read the old writing now, but things were told by word of mouth. The chanted ritual was not the secret—that was never spoken aloud, only whispered. The chant meant only this: "In his house at R'lyeh dead Cthulhu waits dreaming."

Only two of the prisoners were found sane enough to be hanged, and the rest were committed to various institutions. All denied a part in the ritual murders, and averred that the killing had been done by Black-winged Ones which had come to them from their immemorial meeting-place in the haunted wood. But of those mysterious allies no coherent account could ever be gained. What the police did extract came mainly from an immensely aged mestizo named Castro, who claimed to have sailed to strange ports and talked with undying leaders of the cult in the mountains of China.

Old Castro remembered bits of hideous legend that paled the speculations of theosophists and made man and the world seem recent and transient indeed. There had been eons when other Things ruled on the earth, and They had had great cities. Remains of Them, he said the deathless Chinamen had told him, were still to be found as Cyclopean stones on islands in the Pacific. They all died vast epochs of time before man came, but there were arts which could revive Them when the stars had come round again to the right positions

bajo el mar, pero sus cadáveres habían contado sus secretos en sueños al primer hombre, que formó un culto que nunca había muerto. Éste era ese culto y los prisioneros decían que siempre había existido y siempre existiría, oculto en yermos lejanos y lugares oscuros de todo el mundo hasta el momento en que el gran sacerdote Cthulhu, desde su oscura casa en la poderosa ciudad de R'lyeh bajo las aguas, se alzara y volviera a poner la tierra bajo su dominio. Algún día llamaría, cuando las estrellas estuvieran preparadas, y el culto secreto siempre estaría esperando para liberarlo.

Mientras tanto no debía contarse nada más. Había un secreto que ni siquiera la tortura podía extraer. La humanidad no estaba absolutamente sola entre las cosas conscientes de la tierra, pues las formas salían de la oscuridad para visitar a los pocos fieles. Pero éstas no eran los Grandes Antiguos. Ningún hombre había visto jamás a los Antiguos. El ídolo tallado era el gran Cthulhu, pero nadie podía decir si los otros eran precisamente como él o no. Ya nadie podía leer la antigua escritura, pero las cosas se contaban de boca en boca. El ritual cantado no era el secreto; eso nunca se decía en voz alta, sólo se susurraba. El canto sólo significaba esto «En su casa de R'lyeh Cthulhu muerto espera soñando».

Sólo dos de los prisioneros fueron considerados lo suficientemente cuerdos como para ser ahorcados y el resto de ellos fueron internados en diversas instituciones. Todos negaron haber participado en los asesinatos rituales y afirmaron que la matanza había sido obra de unos alados negros que habían acudido a ellos desde su lugar de reunión inmemorial en el bosque encantado. Pero de aquellos misteriosos aliados nunca pudo obtenerse un relato coherente. Lo que sí extrajo la policía procedía principalmente de un mestizo inmensamente anciano llamado Castro que afirmaba haber navegado a puertos extraños y hablado con los líderes inmortales del culto en las montañas de China.

El viejo Castro recordaba trozos de horribles leyendas que tornaban pálidas las especulaciones de los teósofos y hacían que el hombre y el mundo parecieran verdaderamente recientes y pasajeros. Había habido eones en los que otras Cosas reinaban sobre la tierra y Ellos habían tenido grandes ciudades. Restos de Ellos, según le habían dicho los chinos inmortales, aún se encontraban como piedras ciclópeas en islas del Pacífico. Todos murieron en extensas épocas antes de que llegara el hombre pero existían artes que podían revivirlos, cuando las estrellas

in the cycle of eternity. They had, indeed, come themselves from the stars, and brought Their images with Them.

These Great Old Ones, Castro continued, were not composed altogether of flesh and blood. They had shape—for did not this star-fashioned image prove it?—but that shape was not made of matter. When the stars were right, They could plunge from world to world through the sky; but when the stars were wrong, They could not live. But although They no longer lived, They would never really die. They all lay in stone houses in Their great city of R'lyeh, preserved by the spells of mighty Cthulhu for a glorious resurrection when the stars and the earth might once more be ready for Them. But at that time some force from outside must serve to liberate Their bodies. The spells that preserved Them intact likewise prevented Them from making an initial move, and They could only lie awake in the dark and think whilst uncounted millions of years rolled by. They knew all that was occurring in the universe, for Their mode of speech was transmitted thought. Even now They talked in Their tombs. When, after infinities of chaos, the first men came, the Great Old Ones spoke to the sensitive among them by molding their dreams; for only thus could Their language reach the fleshly minds of mammals.

Then, whispered Castro, those first men formed the cult around small idols which the Great Ones showed them; idols brought in dim eras from dark stars. That cult would never die till the stars came right again, and the secret priests would take great Cthulhu from His tomb to revive His subjects and resume His rule of earth. The time would be easy to know, for then mankind would have become as the Great Old Ones; free and wild and beyond good and evil, with laws and morals thrown aside and all men shouting and killing and reveling in joy. Then the liberated Old Ones would teach them new ways to shout and kill and revel and enjoy themselves, and all the earth would flame with a holocaust of ecstasy and freedom. Meanwhile the cult, by appropriate rites, must keep alive the memory of those ancient ways and shadow forth the prophecy of their return.

In the elder time chosen men had talked with the entombed Old

retornaban a las posiciones correctas en el ciclo de la eternidad. Habían, en efecto, venido Ellos mismos de las estrellas y traído Sus imágenes con Ellos.

Estos Grandes Antiguos, continuó Castro, no estaban compuestos totalmente de carne y hueso. Tenían forma —¿acaso no lo demostraba esta imagen modelada por las estrellas?— pero esa forma no estaba hecha de materia. Cuando las estrellas estaban en su lugar, podían lanzarse de un mundo a otro a través del cielo pero cuando las estrellas estaban incorrectas, no podían vivir. Pero aunque ya no vivían nunca morirían realmente. Todos yacían en casas de piedra en Su gran ciudad de R'lyeh, preservados por los hechizos del poderoso Cthulhu para una gloriosa resurrección cuando las estrellas y la tierra estuvieran una vez más preparadas para Ellos. Pero en ese momento alguna fuerza del exterior debía servir para liberar Sus cuerpos. Los hechizos que los preservaban intactos les impedían igualmente hacer un movimiento inicial y sólo podían permanecer despiertos en la oscuridad y pensar mientras transcurrían incontables millones de años. Ellos sabían todo lo que ocurría en el universo pues Su modo de hablar era el pensamiento transmitido. Incluso ahora hablaban en Sus tumbas. Cuando, tras infinitos caos, llegaron los primeros hombres, los Grandes Antiguos hablaron a los sensibles entre ellos moldeando sus sueños, pues sólo así podía Su lenguaje llegar a las mentes carnales de los mamíferos.

Entonces, susurró Castro, aquellos primeros hombres formaron el culto en torno a pequeños ídolos que los Grandes les mostraron; ídolos traídos en épocas oscuras desde estrellas oscuras. Ese culto nunca moriría hasta que las estrellas volvieran a estar en su sitio y los sacerdotes secretos sacaran al gran Cthulhu de su tumba para revivir a sus súbditos y reanudar su dominio sobre la tierra. El momento sería fácil de conocer, porque entonces la humanidad se habría vuelto como los Grandes Antiguos: libre y salvaje y más allá del bien y del mal, con las leyes y la moral desechadas y todos los hombres gritando y matando y deleitándose en la alegría. Entonces los Antiguos liberados les enseñarían nuevas formas de gritar y matar y deleitarse y disfrutar, y toda la tierra ardería en un holocausto de éxtasis y libertad. Mientras tanto, el culto, mediante ritos apropiados, debe mantener vivo el recuerdo de aquellas antiguas costumbres y dar sombra a la profecía de su retorno.

En la época más antigua, los hombres elegidos habían hablado con

Ones in dreams, but then something had happened. The great stone city R'lyeh, with its monoliths and sepulchers, had sunk beneath the waves; and the deep waters, full of the one primal mystery through which not even thought can pass, had cut off the spectral intercourse. But memory never died, and high priests said that the city would rise again when the stars were right. Then came out of the earth the black spirits of earth, moldy and shadowy, and full of dim rumors picked up in caverns beneath forgotten sea-bottoms. But of them old Castro dared not speak much. He cut himself off hurriedly, and no amount of persuasion or subtlety could elicit more in this direction. The size of the Old Ones, too, he curiously declined to mention. Of the cult, he said that he thought the center lay amid the pathless deserts of Arabia, where Irem, the City of Pillars, dreams hidden and untouched. It was not allied to the European witch-cult, and was virtually unknown beyond its members. No book had ever really hinted of it, though the deathless Chinamen said that there were double meanings in the Necronomicon of the mad Arab Abdul Alhazred which the initiated might read as they chose, especially the much-discussed couplet:

"That is not dead which can eternal lie,
And with strange eons even death may die."

Legrasse, deeply impressed and not a little bewildered, had inquired in vain concerning the historic affiliations of the cult. Castro, apparently, had told the truth when he said that it was wholly secret. The authorities at Tulane University could shed no light upon either cult or image, and now the detective had come to the highest authorities in the country and met with no more than the Greenland tale of Professor Webb.

The feverish interest aroused at the meeting by Legrasse's tale, corroborated as it was by the statuette, is echoed in the subsequent correspondence of those who attended, although scant mention occurs in the formal publication of the society. Caution is the first care of those accustomed to face occasional charlatanry and imposture. Legrasse for some time lent the image to Professor Webb, but at the latter's death it was returned to him and remains in his possession, where I viewed it not long ago. It is truly a terrible thing, and unmis-

los Ancianos sepultados en sueños, pero entonces algo había sucedido. La gran ciudad de piedra de R'lyeh, con sus monolitos y sepulcros, se había hundido bajo las olas y las aguas profundas, llenas del único misterio primigenio a través del cual ni siquiera el pensamiento puede pasar, habían cortado el trato espectral. Pero la memoria nunca moría y los sumos sacerdotes decían que la ciudad volvería a levantarse cuando las estrellas estuvieran en su sitio. Entonces salieron de la tierra los espíritus negros de la tierra, mohosos y sombríos y llenos de oscuros rumores recogidos en cavernas bajo fondos marinos olvidados. Pero de ellos el viejo Castro no se atrevió a hablar mucho. Se interrumpió a sí mismo rápidamente y ninguna dosis de persuasión o sutileza pudo suscitar más en esta dirección. También se negó curiosamente a mencionar el tamaño de los Antiguos. Del culto, dijo que creía que el centro se encontraba en los desiertos sin senderos de Arabia, donde Irem, la Ciudad de los Pilares, sueña oculta e intacta. No estaba aliado con el culto europeo a las brujas y era prácticamente desconocido más allá de sus miembros. Ningún libro lo había insinuado realmente, aunque los chinos inmortales decían que había doble sentido en el *Necronomicón* del árabe loco Abdul Alhazred que los iniciados podían leer como quisieran, especialmente el dístico tan discutido:

«No está muerto lo que puede yacer eternamente,
y con extraños eones incluso la muerte puede morir».

Legrasse, profundamente impresionado y no poco desconcertado, había indagado en vano sobre las afiliaciones históricas del culto. Castro, al parecer, había dicho la verdad cuando afirmó que era totalmente secreto. Las autoridades de la Universidad de Tulane no podían arrojar ninguna luz ni sobre el culto ni sobre la imagen y ahora el detective había acudido a las más altas autoridades del país y no había encontrado más que el cuento groenlandés del Profesor Webb.

El febril interés suscitado en la reunión por el relato de Legrasse, corroborado como estaba por la estatuilla, se repite en la correspondencia posterior de los asistentes, aunque apenas se menciona en la publicación formal de la sociedad. La precaución es el primer cuidado de quienes están acostumbrados a enfrentarse a charlatanerías e imposturas ocasionales. Legrasse prestó durante algún tiempo la imagen al Profesor Webb, pero a la muerte de éste le fue devuelta y permanece en su poder, donde la contemplé no hace mucho. Es realmente una cosa terrible,

takably akin to the dream-sculpture of young Wilcox.

That my uncle was excited by the tale of the sculptor I did not wonder, for what thoughts must arise upon hearing, after a knowledge of what Legrasse had learned of the cult, of a sensitive young man who had dreamed not only the figure and exact hieroglyphics of the swamp-found image and the Greenland devil tablet, but had come in his dreams upon at least three of the precise words of the formula uttered alike by Eskimo diabolists and mongrel Louisianans? Professor Angell's instant start on an investigation of the utmost thoroughness was eminently natural; though privately I suspected young Wilcox of having heard of the cult in some indirect way, and of having invented a series of dreams to heighten and continue the mystery at my uncle's expense. The dream-narratives and cuttings collected by the professor were, of course, strong corroboration; but the rationalism of my mind and the extravagance of the whole subject led me to adopt what I thought the most sensible conclusions. So, after thoroughly studying the manuscript again and correlating the theosophical and anthropological notes with the cult narrative of Legrasse, I made a trip to Providence to see the sculptor and give him the rebuke I thought proper for so boldly imposing upon a learned and aged man.

Wilcox still lived alone in the Fleur-de-Lys Building in Thomas Street, a hideous Victorian imitation of Seventeenth Century Breton architecture which flaunts its stuccoed front amidst the lovely Colonial houses on the ancient hill, and under the very shadow of the finest Georgian steeple in America. I found him at work in his rooms, and at once conceded from the specimens scattered about that his genius is indeed profound and authentic. He will, I believe, be heard from sometime as one of the great decadents; for he has crystallized in clay and will one day mirror in marble those nightmares and fantasies which Arthur Machen evokes in prose, and Clark Ashton Smith makes visible in verse and in painting.

Dark, frail, and somewhat unkempt in aspect, he turned languidly at my knock and asked me my business without rising. When I told him who I was, he displayed some interest; for my uncle had excited his curiosity in probing his strange dreams, yet had never explained the reason for the study. I did not enlarge his knowledge in this re-

e inconfundiblemente parecida a la escultura-sueño del joven Wilcox.

No me extrañó que mi tío se entusiasmara con el relato del escultor, pues ¿qué pensamientos debían surgir al oír, tras conocer lo que Legrasse había aprendido del culto, de un joven sensible que había soñado no sólo con la figura y los jeroglíficos exactos de la imagen encontrada en el pantano y de la tablilla del diablo de Groenlandia, sino que había dado en sueños con al menos tres de las palabras precisas de la fórmula pronunciada por igual por diabolistas esquimales y por mestizos de Luisiana? El inicio instantáneo por parte del Profesor Angell de una investigación de la mayor minuciosidad fue eminentemente natural... aunque en privado sospeché que el joven Wilcox había oído hablar del culto de alguna manera indirecta y que había inventado una serie de sueños para aumentar y continuar el misterio a costa de mi tío. Los relatos de los sueños y los recortes recogidos por el profesor eran, por supuesto, una fuerte corroboración pero el racionalismo de mi mente y la extravagancia de todo el asunto me llevaron a adoptar lo que me parecieron las conclusiones más sensatas. Así que, tras estudiar de nuevo a fondo el manuscrito y correlacionar las notas teosóficas y antropológicas con la narración del culto de Legrasse, hice un viaje a Providence para ver al escultor y reprenderle como creía oportuno por imponerse tan osadamente a un hombre erudito y anciano.

Wilcox aún vivía solo en el edificio Fleur-de-Lys de la calle Thomas, una horrible imitación victoriana de la arquitectura bretona del siglo XVII que ostenta su fachada estucada en medio de las encantadoras casas coloniales de la antigua colina y bajo la sombra misma del mejor campanario georgiano de América. Le encontré trabajando en sus habitaciones y enseguida reconocí por los ejemplares esparcidos que su genio es realmente profundo y auténtico. Creo que alguna vez se oirá hablar de él como de uno de los grandes decadentes pues ha cristalizado en arcilla y algún día reflejará en mármol aquellas pesadillas y fantasías que Arthur Machen evoca en prosa y Clark Ashton Smith hace visibles en verso y en pintura.

Moreno, frágil y de aspecto algo desaliñado, se volvió lánguidamente al oír mi llamada y me preguntó por mis asuntos sin levantarse. Cuando le dije quién era, mostró cierto interés, pues mi tío había despertado su curiosidad al sondear sus extraños sueños, pero nunca le había explicado el motivo del estudio. No amplié sus conocimientos al respecto sino

gard, but sought with some subtlety to draw him out.

In a short time I became convinced of his absolute sincerity, for he spoke of the dreams in a manner none could mistake. They and their subconscious residuum had influenced his art profoundly, and he showed me a morbid statue whose contours almost made me shake with the potency of its black suggestion. He could not recall having seen the original of this thing except in his own dream bas-relief, but the outlines had formed themselves insensibly under his hands. It was, no doubt, the giant shape he had raved of in delirium. That he really knew nothing of the hidden cult, save from what my uncle's relentless catechism had let fall, he soon made clear; and again I strove to think of some way in which he could possibly have received the weird impressions.

He talked of his dreams in a strangely poetic fashion; making me see with terrible vividness the damp Cyclopean city of slimy green stone—whose geometry, he oddly said, was all wrong—and hear with frightened expectancy the ceaseless, half-mental calling from underground: "Cthulhu fhtagn," "Cthulhu fhtagn."

These words had formed part of that dread ritual which told of dead Cthulhu's dream-vigil in his stone vault at R'lyeh, and I felt deeply moved despite my rational beliefs. Wilcox, I was sure, had heard of the cult in some casual way, and had soon forgotten it amidst the mass of his equally weird reading and imagining. Later, by virtue of its sheer impressiveness, it had found subconscious expression in dreams, in the bas-relief, and in the terrible statue I now beheld; so that his imposture upon my uncle had been a very innocent one. The youth was of a type, at once slightly affected and slightly ill-mannered, which I could never like; but I was willing enough now to admit both his genius and his honesty. I took leave of him amicably, and wish him all the success his talent promises.

The matter of the cult still remained to fascinate me, and at times I had visions of personal fame from researches into its origin and connections. I visited New Orleans, talked with Legrasse and others of that old-time raiding-party, saw the frightful image, and even questioned such of the mongrel prisoners as still survived. Old Castro,

que traté de sonsacarle algo con cierta sutileza.

En poco tiempo me convencí de su absoluta sinceridad, pues hablaba de los sueños de un modo que nadie podía confundir. Ellos y su residuo subconsciente habían influido profundamente en su arte y me mostró una estatua mórbida cuyos contornos casi me hicieron temblar por la potencia de su negra sugestión. No recordaba haber visto el original de aquella cosa salvo en su propio bajorrelieve onírico pero los contornos se habían formado insensiblemente bajo sus manos. Era, sin duda, la forma gigante sobre la que había divagado en el delirio. Que realmente no sabía nada del culto oculto, salvo lo que el implacable catecismo de mi tío había dejado entrever, no tardó en dejarlo claro; y de nuevo me esforcé por pensar en alguna forma en la que posiblemente hubiera recibido las extrañas impresiones.

Hablaba de sus sueños de un modo extrañamente poético, haciéndome ver con terrible viveza la húmeda ciudad ciclópea de viscosa piedra verde —cuya geometría, extrañamente dijo, era toda errónea— y oír con asustada expectación la incesante llamada casi espiritual desde el subsuelo: «Cthulhu fhtagn», «Cthulhu fhtagn».

Estas palabras habían formado parte de aquel espantoso ritual que hablaba del sueño-vigilia de Cthulhu muerto en su bóveda de piedra de R'lyeh y me sentí profundamente conmovido a pesar de mis creencias racionales. Wilcox, estaba seguro, había oído hablar del culto de algún modo casual y pronto lo había olvidado entre la masa de sus lecturas e imaginaciones igualmente extrañas. Más tarde, en virtud de su pura impresión, había encontrado una expresión subconsciente en sueños en el bajorrelieve y en la terrible estatua que ahora contemplaba; de modo que su impostura a mi tío había sido muy inocente. El joven era de un tipo a la vez un poco afectado y un poco maleducado que nunca pudo agradarme pero ahora yo estaba lo suficientemente dispuesto a admitir tanto su genio como su honestidad. Me despedí de él amistosamente y le deseo todo el éxito que su talento promete.

El asunto de la secta seguía fascinándome y a veces tenía veleidades de fama personal gracias a las investigaciones sobre su origen y sus conexiones. Visité Nueva Orleans, hablé con Legrasse y otros de aquel antiguo destacamento de incursores, vi la espantosa imagen e incluso interrogué a los prisioneros mestizos que aún sobrevivían. El viejo

unfortunately, had been dead for some years. What I now heard so graphically at first hand, though it was really no more than a detailed confirmation of what my uncle had written, excited me afresh; for I felt sure that I was on the track of a very real, very secret, and very ancient religion whose discovery would make me an anthropologist of note. My attitude was still one of absolute materialism, as I wish it still were, and I discounted with almost inexplicable perversity the coincidence of the dream notes and odd cuttings collected by Professor Angell.

One thing which I began to suspect, and which I now fear I know, is that my uncle's death was far from natural. He fell on a narrow hill street leading up from an ancient waterfront swarming with foreign mongrels, after a careless push from a negro sailor. I did not forget the mixed blood and marine pursuits of the cult-members in Louisiana, and would not be surprized to learn of secret methods and poison needles as ruthless and as anciently known as the cryptic rites and beliefs. Legrasse and his men, it is true, have been let alone; but in Norway a certain seaman who saw things is dead. Might not the deeper inquiries of my uncle after encountering the sculptor's data have come to sinister ears? I thing Professor Angell died because he knew too much, or because he was likely to learn too much. Whether I shall go as he did remains to be seen, for I have learned much now.

Castro, por desgracia, llevaba varios años muerto. Lo que ahora oía tan gráficamente de primera mano, aunque en realidad no era más que una confirmación detallada de lo que mi tío había escrito, me excitó nuevamente pues me sentía seguro de estar tras la pista de una religión muy real, muy secreta y muy antigua cuyo descubrimiento me convertiría en un notable antropólogo. Mi actitud seguía siendo la de un materialismo absoluto, como me gustaría que siguiera siendo, y descarté con una perversidad casi inexplicable la coincidencia de las notas de los sueños y los recortes extraños recopilados por el Profesor Angell.

Una cosa que empecé a sospechar, y que ahora temo saber, es que la muerte de mi tío distó mucho de ser natural. Cayó en una estrecha calle de la colina que sube desde un antiguo muelle plagado de mestizos extranjeros, tras un descuidado empujón de un marinero negro. No olvidé la mezcla de sangre y actividades marinas de los miembros de la secta en Luisiana y no me sorprendería saber de métodos secretos y agujas envenenadas tan despiadados y tan ancestralmente conocidos como los ritos y las creencias crípticas. Es cierto que se ha dejado en paz a Legrasse y a sus hombres pero en Noruega ha muerto cierto marino que vio cosas. ¿No habrán llegado a oídos siniestros las indagaciones más profundas de mi tío tras conocer los datos del escultor? Creo que el Profesor Angell murió porque sabía demasiado o porque era probable que aprendiera demasiado. Queda por ver si yo haré lo mismo que él pues ahora he aprendido mucho.

3. The Madness from the Sea

If heaven ever wishes to grant me a boon, it will be a total effacing of the results of a mere chance which fixed my eye on a certain stray piece of shelf-paper. It was nothing on which I would naturally have stumbled in the course of my daily round, for it was an old number of an Australian journal, Sydney Bulletin for April 18, 1925. It had escaped even the cutting bureau which had at the time of its issuance been avidly collecting material for my uncle's research.

I had largely given over my inquiries into what Professor Angell called the "Cthulhu Cult," and was visiting a learned friend of Paterson, New Jersey, the curator of a local museum and a mineralogist of note. Examining one day the reserve specimens roughly set on the storage shelves in a rear room of the museum, my eye was caught by an odd picture in one of the old papers spread beneath the stones. It was the Sydney Bulletin I have mentioned, for my friend has wide affiliations in all conceivable foreign parts; and the picture was a half-tone cut of a hideous stone image almost identical with that which Legrasse had found in the swamp.

Eagerly clearing the sheet of its precious contents, I scanned the item in detail; and was disappointed to find it of only moderate length. What it suggested, however, was of portentous significance to my flagging quest; and I carefully tore it out for immediate action. It read as follows:

MYSTERY DERELICT FOUND AT SEA

Vigilant Arrives With Helpless Armed New Zealand Yacht in Tow. One Survivor and Dead Man Found Aboard. Tale of Desperate Battle and Deaths at Sea. Rescued Seaman Refuses Particulars of Strange Experience. Odd Idol Found in His Possession. Inquiry to Follow.

The Morrison Co.'s freighter Vigilant, bound from Valparaiso, arrived this morning at its wharf in Darling Harbour, having in tow the battled and disabled but heavily armed steam yacht Alert of Dunedin, N. Z.,

3. La locura del mar

Si alguna vez el cielo quiere concederme una bendición será la de borrar por completo los resultados de una mera casualidad que fijó mi vista en cierto trozo de papel de estantería extraviado. No era nada con lo que habría tropezado naturalmente en el curso de mi ronda diaria pues se trataba de un viejo número de una revista australiana, el Sydney Bulletin del 18 de abril de 1925. Había escapado incluso a la oficina de recortes que en el momento de su emisión había estado recopilando ávidamente material para la investigación de mi tío.

Yo había abandonado en gran parte mis indagaciones sobre lo que el Profesor Angell llamaba el «Culto Cthulhu» y estaba visitando a un erudito amigo de Paterson, Nueva Jersey, conservador de un museo local y mineralogista notable. Examinando un día los especímenes de reserva colocados toscamente en los estantes de almacenamiento de una sala trasera del museo, me llamó la atención una extraña fotografía en uno de los viejos papeles extendidos bajo las piedras. Era el Sydney Bulletin que he mencionado, pues mi amigo tiene amplias afiliaciones en todas las partes imaginables del extranjero y el cuadro era un corte a semitono de una horrible imagen de piedra casi idéntica a la que Legrasse había encontrado en el pantano.

Despejando ansiosamente la hoja de su precioso contenido, escudriñé el artículo en detalle y me decepcionó comprobar que sólo tenía una extensión modesta. Lo que sugería, sin embargo, era de un significado portentoso para mi desfalleciente búsqueda y lo arranqué cuidadosamente para actuar de inmediato. Decía lo siguiente:

MISTERIOSO DERRELICTO HALLADO EN EL MAR

El Vigilant llega con un yate neozelandés armado, indefenso y a remolque. Un superviviente y un muerto encontrados a bordo. Relato de una batalla desesperada y de muertes en alta mar. El marinero rescatado rechaza los detalles de su extraña experiencia. Extraño ídolo hallado en su poder. Investigación pendiente.

El carguero Vigilant de la Morrison Co., procedente de Valparaíso, llegó esta mañana a su muelle en Darling Harbour, llevando a remolque el yate de vapor Alert de Dunedin, N. Z., averiado pero fuertemente armado, que

which was sighted April 12th in S. Latitude 34° 21', W. Longitude 152° 17', with one living and one dead man aboard.

The Vigilant left Valparaiso March 25th, and on April 2d was driven considerably south of her course by exceptionally heavy storms and monster waves. On April 12th the derelict was sighted; and though apparently deserted, was found upon boarding to contain one survivor in a half-delirious condition and one man who had evidently been dead for more than a week.

The living man was clutching a horrible stone idol of unknown origin, about a foot in height, regarding whose nature authorities at Sydney University, the Royal Society, and the Museum in College Street all profess complete bafflement, and which the survivor says he found in the cabin of the yacht, in a small carved shrine of common pattern.

This man, after recovering his senses, told an exceedingly strange story of piracy and slaughter. He is Gustaf Johansen, a Norwegian of some intelligence, and had been second mate of the two-masted schooner Emma of Auckland, which sailed for Callao February 20th, with a complement of eleven men.

The Emma, he says, was delayed and thrown widely south of her course by the great storm of March 1st, and on March 22d, in S. Latitude 49° 51 ', W. Longitude 128° 34 ', encountered the Alert, manned by a queer and evil-looking crew of Kanakas and half-castes. Being ordered peremptorily to turn back, Capt. Collins refused; whereupon the strange crew began to fire savagely and without warning upon the schooner with a peculiarly heavy battery of brass cannon forming part of the yacht's equipment.

The Emma's men showed fight, says the survivor, and though the schooner began to sink from shots beneath the waterline they managed to heave alongside their enemy and board her, grappling with the savage crew on the yacht's deck, and being forced to kill them all, the number being slightly superior, because of their particularly abhorrent and desperate though rather clumsy mode of fighting.

Three of the Emma's men, including Capt. Collins and First Mate Green, were killed; and the remaining eight under Second Mate Johan-

fue avistado el 12 de abril en la latitud S. 34° 21', longitud O. 152° 17', con un hombre vivo y otro muerto a bordo.

El Vigilant zarpó de Valparaíso el 25 de marzo y el 2 de abril fue desviado considerablemente de su rumbo por tormentas excepcionalmente fuertes y olas monstruosas. El 12 de abril se avistó el buque abandonado y aunque aparentemente estaba abandonado, al abordarlo se comprobó que contenía un superviviente en estado medio delirante y un hombre que evidentemente llevaba muerto más de una semana.

El hombre vivo aferraba un horrible ídolo de piedra de origen desconocido, de un pie de altura, respecto a cuya naturaleza las autoridades de la Universidad de Sydney, la Royal Society y el Museo de College Street manifiestan su total desconcierto y que el superviviente dice haber encontrado en el camarote del yate, en un pequeño relicario tallado con motivos comunes.

Este hombre, tras recobrar el sentido, contó una historia sumamente extraña de piratería y matanzas. Se trata de Gustaf Johansen, un noruego de cierta inteligencia que había sido segundo oficial de la goleta de dos mástiles Emma de Auckland, el cual zarpó hacia el Callao el 20 de febrero, con una dotación de once hombres.

El Emma, dice, fue retrasado y desviado ampliamente de su rumbo hacia el sur por la gran tormenta del 1 de marzo y el 22 de marzo, en la latitud S. 49° 51', longitud O. 128° 34', se encontró con el Alert, tripulado por una extraña y malvada tripulación de canacos y mestizos. Al ordenársele perentoriamente que diera media vuelta, el Capitán Collins se negó, tras lo cual la extraña tripulación comenzó a disparar salvajemente y sin previo aviso contra la goleta con una batería peculiarmente pesada de cañones de bronce que formaban parte del equipo del yate.

Los hombres del Emma se mostraron luchadores, dice el superviviente, y aunque la goleta empezó a hundirse por los disparos bajo la línea de flotación, consiguieron ponerse al lado de su enemigo y abordarlo, forcejear con la salvaje tripulación en la cubierta del yate y verse obligados a matarlos a todos, siendo ligeramente superiores en número, debido a su modo de lucha particularmente aborrecible y desesperado, aunque bastante torpe.

Tres de los hombres del Emma, entre ellos el Capitán Collins y el Primer Oficial Green, resultaron muertos, y los ocho restantes, al mando del Segun-

sen proceeded to navigate the captured yacht, going ahead in their original direction to see if any reason for their ordering back had existed.

The next day, it appears, they raised and landed on a small island, although none is known to exist in that part of the ocean; and six of the men somehow died ashore, though Johansen is queerly reticent about this part of his story and speaks only of their falling into a rock chasm.

Later, it seems, he and one companion boarded the yacht and tried to manage her, but were beaten about by the storm of April 2nd.

From that time till his rescue on the 12th, the man remembers little, and he does not even recall when William Briden, his companion, died. Briden's death reveals no apparent cause, and was probably due to excitement or exposure.

Cable advices from Dunedin report that the Alert was well known there as an island trader, and bore an evil reputation along the waterfront. It was owned by a curious group of half-castes whose frequent meetings and night trips to the woods attracted no little curiosity; and it had set sail in great haste just after the storm and earth tremors of March 1st.

Our Auckland correspondent gives the Emma and her crew an excellent reputation, and Johansen is described as a sober and worthy man.

The admiralty will institute an inquiry on the whole matter beginning tomorrow, at which every effort will be made to induce Johansen to speak more freely than he has done hitherto.

This was all, together with the picture of the hellish image; but what a train of ideas it started in my mind! Here were new treasuries of data on the Cthulhu Cult, and evidence that it had strange interests at sea as well as on land. What motive prompted the hybrid crew to order back the Emma as they sailed about with their hideous idol? What was the unknown island on which six of the Emma's crew had died, and about which the mate Johansen was so secretive? What had the vice-admiralty's investigation brought out, and what was known

do Oficial Johansen, procedieron a navegar en el yate capturado, adelantándose en su dirección original para ver si había existido alguna razón para darles la orden de regresar.

Al día siguiente, al parecer, se levantaron y desembarcaron en una pequeña isla, aunque no se sabe que exista ninguna en esa parte del océano, y seis de los hombres murieron de algún modo en tierra, aunque Johansen es extrañamente reticente sobre esta parte de su historia y sólo habla de que cayeron a un abismo rocoso.

Más tarde, al parecer, él y un compañero subieron a bordo del yate e intentaron manejarlo pero fueron azotados por la tormenta del 2 de abril.

Desde ese momento hasta su rescate el día 12 el hombre recuerda poco y ni siquiera recuerda cuándo murió William Briden, su compañero. La muerte de Briden no revela ninguna causa aparente y probablemente se debió a la excitación o a la exposición.

Los telegramas de Dunedin informan de que el Alert era muy conocido allí como mercante de la isla y tenía mala reputación en los muelles. Era propiedad de un curioso grupo de mestizos cuyas frecuentes reuniones y viajes nocturnos al bosque atraían no poca curiosidad y había zarpado con gran prisa justo después de la tormenta y los temblores de tierra del 1 de marzo.

Nuestro corresponsal en Auckland da al Emma y a su tripulación una excelente reputación y Johansen es descrito como un hombre sobrio y digno.

El almirantazgo abrirá una investigación sobre todo el asunto a partir de mañana en la que se hará todo lo posible para inducir a Johansen a hablar con más libertad que hasta ahora.

Esto era todo, junto con el cuadro de la imagen infernal, ¡pero qué secuencia de ideas inició en mi mente! Aquí había nuevos tesoros de datos sobre el Culto Cthulhu y pruebas de que tenía extraños intereses tanto en el mar como en tierra. ¿Qué motivo impulsó a la tripulación mestiza a ordenar el regreso del Emma mientras navegaban con su horrible ídolo? ¿Cuál era la isla desconocida en la que habían muerto seis tripulantes del Emma y sobre la que el compañero Johansen se mostraba tan reservado? ¿Qué había sacado a la luz la investigación del vicealmiran-

of the noxious cult in Dunedin? And most marvelous of all, what deep and more than natural linkage of dates was this which gave a malign and now undeniable significance to the various turns of events so carefully noted by my uncle?

March 1st—our February 28th according to the International Date Line—the earthquake and storm had come. From Dunedin the Alert and her noisome crew had darted eagerly forth as if imperiously summoned, and on the other side of the earth poets and artists had begun to dream of a strange, dank Cyclopean city whilst a young sculptor had molded in his sleep the form of the dreaded Cthulhu. March 23rd the crew of the Emma landed on an unknown island and left six men dead; and on that date the dreams of sensitive men assumed a heightened vividness and darkened with dread of a giant monster's malign pursuit, whilst an architect had gone mad and a sculptor had lapsed suddenly into delirium! And what of this storm of April 2nd—the date on which all dreams of the dank city ceased, and Wilcox emerged unharmed from the bondage of strange fever? What of all this—and of those hints of old Castro about the sunken, star-born Old Ones and their coming reign; their faithful cult and their mastery of dreams? Was I tottering on the brink of cosmic horrors beyond man's power to bear? If so, they must be horrors of the mind alone, for in some way the second of April had put a stop to whatever monstrous menace had begun its siege of mankind's soul.

That evening, after a day of hurried cabling and arranging, I bade my host adieu and took a train for San Francisco. In less than a month I was in Dunedin; where, however, I found that little was known of the strange cult-members who had lingered in the old sea taverns. Waterfront scum was far too common for special mention; though there was vague talk about one inland trip these mongrels had made, during which faint drumming and red flame were noted on the distant hills.

In Auckland I learned that Johansen had returned with yellow hair turned white after a perfunctory and inconclusive questioning at Sydney, and had thereafter sold his cottage in West Street and sailed with his wife to his old home in Oslo. Of his stirring experience he

tazgo y qué se sabía del culto nocivo de Dunedin? Y lo más maravilloso de todo, ¿qué profunda y más que natural vinculación de fechas era ésta que daba un significado maligno y ahora innegable a los diversos giros de los acontecimientos tan cuidadosamente anotados por mi tío?

El 1 de marzo —nuestro 28 de febrero según la Línea Internacional de Fechas— habían llegado el terremoto y la tormenta. Desde Dunedin, el Alert y su ruidosa tripulación se habían lanzado ávidamente como si hubieran sido imperiosamente convocados y al otro lado de la tierra poetas y artistas habían empezado a soñar con una extraña y húmeda ciudad ciclópea mientras un joven escultor moldeaba en sueños la forma del temido Cthulhu. El 23 de marzo, la tripulación del Emma desembarcó en una isla desconocida y dejó seis hombres muertos, ¡y en esa fecha los sueños de los hombres sensibles adquirieron una mayor viveza y se oscurecieron con el pavor de la persecución maligna de un monstruo gigante, mientras que un arquitecto se había vuelto loco y un escultor se sumía súbitamente en el delirio! ¿Y qué hay de esta tormenta del 2 de abril, fecha en la que cesaron todos los sueños de la húmeda ciudad y Wilcox emergió ileso de la esclavitud de la extraña fiebre? ¿Qué hay de todo esto... y de aquellas insinuaciones del viejo Castro sobre los Antiguos hundidos y nacidos de las estrellas y su reino venidero, su culto fiel y su dominio de los sueños? ¿Estaba yo al borde de horrores cósmicos insoportables para el hombre? Si era así, debían de ser horrores sólo de la mente, pues de algún modo el 2 de abril había puesto fin a cualquier monstruosa amenaza que hubiera comenzado su asedio al alma de la humanidad.

Aquella noche, tras un día de apresurados cables y arreglos, me despedí de mi anfitrión y tomé un tren para San Francisco. En menos de un mes estaba en Dunedin, donde, sin embargo, descubrí que poco se sabía de los extraños miembros de la secta que habían merodeado por las viejas tabernas marineras. La suciedad de los muelles era demasiado común para una mención especial, aunque se hablaba vagamente de un viaje al interior que habían hecho estos mestizos durante el cual se notó un débil tamborileo y una llama roja en las colinas distantes.

En Auckland me enteré de que Johansen había regresado con el pelo rubio convertido en blanco después de un interrogatorio superficial e inconcluso en Sydney y que a partir de entonces había vendido su cabaña de West Street y se había embarcado con su esposa rumbo a su an-

would tell his friends no more than he had told the admiralty officials, and all they could do was to give me his Oslo address.

After that I went to Sydney and talked profitlessly with seamen and members of the vice-admiralty court. I saw the Alert, now sold and in commercial use, at Circular Quay in Sydney Cove, but gained nothing from its non-committal bulk. The crouching image with its cuttlefish head, dragon body, scaly wings, and hieroglyphed pedestal, was preserved in the Museum at Hyde Park; and I studied it long and well, finding it a thing of balefully exquisite workmanship, and with the same utter mystery, terrible antiquity, and unearthly strangeness of material which I had noted in Legrasse's smaller specimen. Geologists, the curator told me, had found it a monstrous puzzle; for they vowed that the world held no rock like it. Then I thought with a shudder of what old Castro had told Legrasse about the primal Great Ones: "They had come from the stars, and had brought Their images with Them."

Shaken with such a mental revolution as I had never before known, I now resolved to visit Mate Johansen in Oslo. Sailing for London, I re-embarked at once for the Norwegian capital; and one autumn day landed at the trim wharves in the shadow of the Egeberg.

Johansen's address, I discovered, lay in the Old Town of King Harold Haardrada, which kept alive the name of Oslo during all the centuries that the greater city masqueraded as "Christiania." I made the brief trip by taxicab, and knocked with palpitant heart at the door of a neat and ancient building with plastered front. A sad-faced woman in black answered my summons, and I was stung with disappointment when she told me in halting English that Gustaf Johansen was no more.

He had not long survived his return, said his wife, for the doings at sea in 1925 had broken him. He had told her no more than he had told the public, but had left a long manuscript—of "technical matters" as he said—written in English, evidently in order to safeguard her from the peril of casual perusal. During a walk through a narrow lane near the Gothenburg dock, a bundle of papers falling from an attic window had knocked him down. Two Lascar sailors at once

tiguo hogar en Oslo. De su conmovedora experiencia no quiso contar a sus amigos más de lo que había contado a los oficiales del almirantazgo, y todo lo que pudieron hacer fue darme su dirección de Oslo.

Después fui a Sydney y hablé sin obtener ningún provecho con marineros y miembros del tribunal del vicealmirantazgo. Vi el Alert, ahora vendido y en uso comercial, en el muelle Circular de la ensenada de Sydney, pero no saqué nada en limpio de su bulto. La imagen agazapada, con su cabeza de sepia, cuerpo de dragón, alas escamosas y pedestal jeroglífico, se conservaba en el Museo de Hyde Park y la estudié largo y tendido, encontrándola una cosa de hechura terriblemente exquisita y con el mismo misterio absoluto, terrible antigüedad y extrañeza sobrenatural del material que había observado en el espécimen más pequeño de Legrasse. Los geólogos, me dijo el conservador, la habían encontrado un monstruoso rompecabezas pues juraban que el mundo no contenía ninguna roca como ésa. Entonces pensé con un escalofrío en lo que el viejo Castro había contado a Legrasse sobre los Grandes primigenios: «Habían venido de las estrellas y habían traído consigo sus imágenes».

Estremecido por una revolución mental como nunca antes había conocido, resolví visitar al compañero Johansen en Oslo. Navegando hacia Londres, reembarqué de inmediato hacia la capital noruega y un día de otoño desembarqué en los muelles recortados a la sombra del Egeberg.

Descubrí que la dirección de Johansen estaba en la Ciudad Vieja del Rey Harold Haardrada, que mantuvo vivo el nombre de Oslo durante todos los siglos en que la gran ciudad se disfrazó de «Christiania». Hice el breve trayecto en taxi y llamé con el corazón palpitante a la puerta de un edificio pulcro y antiguo con la fachada enlucida. Una mujer de negro y rostro triste respondió a mi llamada y sentí una gran decepción cuando me dijo en un inglés entrecortado que Gustaf Johansen ya no existía.

No había sobrevivido mucho a su regreso, dijo su esposa, pues los hechos ocurridos en el mar en 1925 le habían destrozado. No le había contado más de lo que había contado al público pero había dejado un extenso manuscrito —de «asuntos técnicos» como él decía— escrito en inglés, evidentemente para salvaguardarlo del peligro de una lectura casual. Durante un paseo por una estrecha callejuela cercana al muelle de Gotemburgo, un fardo de papeles que caía desde la ventana de un

helped him to his feet, but before the ambulance could reach him he was dead. Physicians found no adequate cause for the end, and laid it to heart trouble and a weakened constitution.

I now felt gnawing at my vitals that dark terror which will never leave me till I, too, am at rest; "accidentally" or otherwise. Persuading the widow that my connection with her husband's "technical matters" was sufficient to entitle me to his manuscript, I bore the document away and began to read it on the London boat.

It was a simple, rambling thing—a naive sailor's effort at a post-facto diary—and strove to recall day by day that last awful voyage. I can not attempt to transcribe it verbatim in all its cloudiness and redundance, but I will tell its gist enough to show why the sound of the water against the vessel's sides became so unendurable to me that I stopped my ears with cotton.

Johansen, thank God, did not know quite all, even though he saw the city and the Thing, but I shall never sleep calmly again when I think of the horrors that lurk ceaselessly behind life in time and in space, and of those unhallowed blasphemies from elder stars which dream beneath the sea, known and favored by a nightmare cult ready and eager to loose them on the world whenever another earthquake shall heave their monstrous stone city again to the sun and air.

Johansen's voyage had begun just as he told it to the vice-admiralty. The Emma, in ballast, had cleared Auckland on February 20th, and had felt the full force of that earthquake-born tempest which must have heaved up from the sea-bottom the horrors that filled men's dreams. Once more under control, the ship was making good progress when held up by the Alert on March 22nd, and I could feel the mate's regret as he wrote of her bombardment and sinking. Of the swarthy cult-fiends on the Alert he speaks with significant horror. There was some peculiarly abominable quality about them which made their destruction seem almost a duty, and Johansen shows ingenuous wonder at the charge of ruthlessness brought against his party during the proceedings of the court of inquiry. Then, driven ahead by curiosity in their captured yacht under Johansen's com-

ático le había derribado. Dos marineros lascares le ayudaron enseguida a ponerse en pie, pero había muerto antes de que la ambulancia pudiera llegar hasta él. Los médicos no encontraron ninguna causa adecuada para su final y lo achacaron a problemas cardíacos y a una constitución debilitada.

Ahora sentía roer mis entrañas ese oscuro terror que nunca me abandonará hasta que yo también descanse, «accidentalmente» o no. Convenciendo a la viuda de que mi relación con los «asuntos técnicos» de su marido era suficiente para darme derecho a su manuscrito, me llevé el documento y empecé a leerlo en el barco a Londres.

Era algo sencillo y farragoso —el ingenuo esfuerzo de un marinero por escribir un diario *a posteriori*— y trataba de recordar día a día aquel último y horrible viaje. No puedo intentar transcribirlo textualmente en toda su turbiedad y redundancia pero contaré su esencia lo suficiente como para mostrar por qué el sonido del agua contra los costados del barco se me hizo tan insoportable que taponé mis oídos con algodón.

Johansen, gracias a Dios, no lo supo del todo, aunque vio la ciudad y la Cosa pero nunca volveré a dormir tranquilo cuando piense en los horrores que acechan sin cesar tras la vida en el tiempo y en el espacio y en esas blasfemias profanas de estrellas mayores que sueñan bajo el mar, conocidas y favorecidas por un culto de pesadilla listo y ansioso de soltarlas sobre el mundo en cuanto otro terremoto vuelva a levantar su monstruosa ciudad de piedra al sol y al aire.

El viaje de Johansen había comenzado tal y como se lo contó al vicealmirantazgo. El Emma, en lastre, había salido de Auckland el 20 de febrero y había sentido toda la fuerza de aquella tempestad nacida de un terremoto que debió levantar del fondo del mar los horrores que llenaban los sueños de los hombres. Una vez más bajo control, el barco avanzaba a buen ritmo cuando fue detenido por el Alert el 22 de marzo y pude sentir el pesar del compañero cuando escribió sobre su bombardeo y hundimiento. Habla con significativo horror de los fanáticos morenos del Alert. Había alguna cualidad peculiarmente abominable en ellos que hacía que su destrucción pareciera casi un deber y Johansen muestra un ingenuo asombro ante la acusación de crueldad lanzada contra su compañía durante los procedimientos del tribunal de investigación. Entonces, impulsados por la curiosidad en su yate cap-

mand, the men sight a great stone pillar sticking out of the sea, and in S. Latitude 47° 9', W. Longitude 126° 43' come upon a coastline of mingled mud, ooze, and weedy Cyclopean masonry which can be nothing less than the tangible substance of earth's supreme terror—the nightmare corpse-city of R'lyeh, that was built in measureless eons behind history by the vast, loathsome shapes that seeped down from the dark stars. There lay great Cthulhu and his hordes, hidden in green slimy vaults and sending out at last, after cycles incalculable, the thoughts that spread fear to the dreams of the sensitive and called imperiously to the faithful to come on a pilgrimage of liberation and restoration. All this Johansen did not suspect, but God knows he soon saw enough!

I suppose that only a single mountain-top, the hideous monolith-crowned citadel whereon great Cthulhu was buried, actually emerged from the waters. When I think of the extent of all that may be brooding down there I almost wish to kill myself forthwith. Johansen and his men were awed by the cosmic majesty of this dripping Babylon of elder demons, and must have guessed without guidance that it was nothing of this or of any sane planet. Awe at the unbelievable size of the greenish stone blocks, at the dizzying height of the great carven monolith, and at the stupefying identity of the colossal statues and bas-reliefs with the queer image found in the shrine on the Alert, is poignantly visible in every line of the mate's frightened description.

Without knowing what futurism is like, Johansen achieved something very close to it when he spoke of the city; for instead of describing any definite structure or building, he dwells only on the broad impressions of vast angles and stone surfaces—surfaces too great to belong to anything right or proper for this earth, and impious with horrible images and hieroglyphs. I mention his talk about angles because it suggests something Wilcox had told me of his awful dreams. He had said that the geometry of the dream-place he saw was abnormal, non-Euclidean, and loathsomely redolent of spheres and dimensions apart from ours. Now an unlettered seaman felt the same thing whilst gazing at the terrible reality.

Johansen and his men landed at a sloping mud-bank on this mon-

turado bajo el mando de Johansen, los hombres avistan un gran pilar de piedra que sobresale del mar y en latitud S. 47° 9', O. Longitud 126° 43' se topan con una costa de lodo mezclado, exudado y mampostería ciclópea llena de maleza que no puede ser otra cosa que la sustancia tangible del terror supremo de la tierra: la ciudad-cadáver de pesadilla de R'lyeh que fue construida en eones inconmensurables más allá de la historia por las vastas y repugnantes formas que se filtraron desde las estrellas oscuras. Allí yacían el gran Cthulhu y sus hordas, ocultos en verdes bóvedas viscosas y enviando al fin, tras ciclos incalculables, los pensamientos que sembraban el miedo en los sueños de los sensibles y llamaban imperiosamente a los fieles para que acudieran en peregrinación de liberación y restauración. Todo esto Johansen no lo sospechaba, ¡pero Dios sabe que pronto vio lo suficiente!

Supongo que sólo una cima, la horrenda ciudadela coronada de monolitos donde fue enterrado el gran Cthulhu, emergió realmente de las aguas. Cuando pienso en el alcance de todo lo que puede estar rumiando ahí abajo casi deseo suicidarme de inmediato. Johansen y sus hombres estaban sobrecogidos por la majestuosidad cósmica de esta Babilonia anegada de demonios ancianos y debieron adivinar sin que les orientaran que no era nada de este ni de ningún planeta cuerdo. El asombro ante el increíble tamaño de los bloques de piedra verdosa, ante la vertiginosa altura del gran monolito tallado y ante la estupefaciente identidad de las colosales estatuas y bajorrelieves con la extraña imagen que se encuentra en el santuario del Alert es conmovedoramente visible en cada línea de la asustada descripción del compañero.

Sin saber cómo es el futurismo, Johansen logró algo muy cercano a él cuando habló de la ciudad pues, en lugar de describir cualquier estructura o edificio definido, se detiene sólo en las vastas impresiones de vastos ángulos y superficies de piedra... superficies demasiado grandes para pertenecer a algo correcto o propio de esta tierra y llenas de horribles imágenes y jeroglíficos. Menciono su alusión a los ángulos porque me recuerda algo que Wilcox me había contado de sus horribles sueños. Había dicho que la geometría del lugar onírico que vio era anormal, no euclidiana y repugnantemente evocadora de esferas y dimensiones ajenas a las nuestras. Ahora un marino iletrado sentía lo mismo mientras contemplaba la terrible realidad.

Johansen y sus hombres desembarcaron en un banco de barro in-

strous Acropolis, and clambered slipperily up over titan oozy blocks which could have been no mortal staircase. The very sun of heaven seemed distorted when viewed through the polarizing miasma welling out from this sea-soaked perversion, and twisted menace and suspense lurked leeringly in those crazily elusive angles of carven rock where a second glance showed concavity after the first showed convexity.

Something very like fright had come over all the explorers before anything more definite than rock and ooze and weed was seen. Each would have fled had he not feared the scorn of the others, and it was only half-heartedly that they searched—vainly, as it proved—for some portable souvenir to bear away.

It was Rodriguez the Portuguese who climbed up the foot of the monolith and shouted of what he had found. The rest followed him, and looked curiously at the immense carved door with the now familiar squid-dragon bas-relief. It was, Johansen said, like a great barn-door; and they all felt that it was a door because of the ornate lintel, threshold, and jambs around it, though they could not decide whether it lay flat like a trap-door or slantwise like an outside cellar-door. As Wilcox would have said, the geometry of the place was all wrong. One could not be sure that the sea and the ground were horizontal, hence the relative position of everything else seemed fantasmally variable.

Briden pushed at the stone in several places without result. Then Donovan felt over it delicately around the edge, pressing each point separately as he went. He climbed interminably along the grotesque stone molding—that is, one would call it climbing if the thing was not after all horizontal—and the men wondered how any door in the universe could be so vast. Then, very softly and slowly, the acre-great panel began to give inward at the top; and they saw that it was balanced.

Donovan slid or somehow propelled himself down or along the jamb and rejoined his fellows, and everyone watched the queer recession of the monstrously carven portal. In this fantasy of prismatic distortion it moved anomalously in a diagonal way, so that all the

clinado de esta monstruosa Acrópolis y treparon deslizándose sobre titánicos bloques viscosos que no podían corresponder a una escalera mortal. El mismísimo sol del cielo parecía distorsionado cuando se miraba a través del miasma polarizante que brotaba de esta perversión empapada de mar y la amenaza retorcida y el suspense acechaban lascivamente en aquellos ángulos demencialmente escurridizos de roca tallada donde una segunda mirada mostraba una concavidad después de que la primera mostrara una convexidad.

Algo parecido al miedo se había apoderado de todos los exploradores antes de que vieran algo más definido que roca y fango y maleza. Cada uno habría huido si no hubiera temido el desprecio de los demás y sólo buscaban sin entusiasmo —en vano, como se demostró— algún souvenir que llevarse.

Fue Rodríguez, el portugués, quien subió al pie del monolito y gritó acerca de lo que había encontrado. Los demás le siguieron y miraron con curiosidad la inmensa puerta tallada con el ya familiar bajorrelieve del calamar y el dragón. Era, dijo Johansen, como una gran puerta de granero y todos tuvieron la sensación de que era una puerta por el dintel ornamentado, el umbral y las jambas que la rodeaban, aunque no podían decidir si era plana como una trampilla o inclinada como la puerta de un sótano exterior. Como habría dicho Wilcox, la geometría del lugar era del todo errónea. No se podía estar seguro de que el mar y el suelo estuvieran horizontales, por lo que la posición relativa de todo lo demás parecía fantásticamente variable.

Briden empujó la piedra en varios puntos sin resultado. Entonces Donovan la palpó delicadamente por el borde, presionando cada punto por separado a medida que avanzaba. Trepó interminablemente a lo largo de la grotesca moldura de piedra —es decir, uno lo llamaría trepar si la cosa no fuera después de todo horizontal— y los hombres se preguntaron cómo podía haber una puerta tan vasta en el universo. Entonces, muy suave y lentamente, el enorme panel comenzó a ceder hacia dentro en la parte superior; y vieron que estaba balanceado.

Donovan se deslizó o se impulsó de algún modo hacia abajo o a lo largo de la jamba y se reunió con sus compañeros y todos observaron el extraño retroceso del portal monstruosamente tallado. En esta fantasía de distorsión prismática el portal se movía anómalamente en diagonal,

rules of matter and perspective seemed upset.

The aperture was black with a darkness almost material. That tenebrousness was indeed a positive quality; for it obscured such parts of the inner walls as ought to have been revealed, and actually burst forth like smoke from its eon-long imprisonment, visibly darkening the sun as it slunk away into the shrunken and gibbous sky on flapping membranous wings. The odor arising from the newly opened depths was intolerable, and at length the quick-eared Hawkins thought he heard a nasty, slopping sound down there. Everyone listened, and everyone was listening still when It lumbered slobberingly into sight and gropingly squeezed Its gelatinous green immensity through the black doorway into the tainted outside air of that poison city of madness.

Poor Johansen's handwriting almost gave out when he wrote of this. Of the six men who never reached the ship, he thinks two perished of pure fright in that accursed instant. The Thing can not be described—there is no language for such abysms of shrieking and immemorial lunacy, such eldritch contradictions of all matter, force, and cosmic order. A mountain walked or stumbled. God! What wonder that across the earth a great architect went mad, and poor Wilcox raved with fever in that telepathic instant? The Thing of the idols, the green, sticky spawn of the stars, had awaked to claim his own. The stars were right again, and what an age-old cult had failed to do by design, a band of innocent sailors had done by accident. After vigintillions of years great Cthulhu was loose again, and ravening for delight.

Three men were swept up by the flabby claws before anybody turned. God rest them, if there be any rest in the universe. They were Donovan, Guerrera and Angstrom. Parker slipped as the other three were plunging frenziedly over endless vistas of green-crusted rock to the boat, and Johansen swears he was swallowed up by an angle of masonry which shouldn't have been there; an angle which was acute, but behaved as if it were obtuse. So only Briden and Johansen reached the boat, and pulled desperately for the Alert as the mountainous monstrosity flopped down the slimy stones and hesitated

de modo que todas las reglas de la materia y la perspectiva parecían trastornadas.

La abertura era negra, con una oscuridad casi material. Esa tenebrosidad era, de hecho, una cualidad positiva pues oscurecía las partes de las paredes interiores que deberían haber quedado al descubierto y, de hecho, brotaba como humo de su eterno aprisionamiento, oscureciendo visiblemente el sol mientras se escabullía hacia el cielo encogido y giboso con el batir de sus alas membranosas. El olor que se desprendía de las profundidades recién abiertas era intolerable y, al final, el avispado Hawkins creyó oír un sonido desagradable y baboso allí abajo. Todo el mundo escuchaba y todo el mundo seguía escuchando cuando Aquello salió a la vista babeando e introdujo a tientas su gelatinosa inmensidad verde por la puerta negra hacia el aire contaminado del exterior de aquella ciudad venenosa enloquecida.

La letra del pobre Johansen casi se quiebra cuando escribió sobre esto. De los seis hombres que nunca llegaron al barco, cree que dos perecieron de puro susto en aquel instante maldito. La Cosa no puede describirse, no hay lenguaje para tales abismos de chillidos y locura inmemorial, tales contradicciones espeluznantes de toda materia, fuerza y orden cósmico. Una montaña caminó o tropezó. ¡Dios! ¿Qué es de extrañar que a través de la tierra un gran arquitecto enloqueciera y el pobre Wilcox delirara de fiebre en aquel instante telepático? La Cosa de los ídolos, el engendro verde y pegajoso de las estrellas, había despertado para reclamar lo suyo. Las estrellas volvían a tener razón y lo que un culto milenario no había conseguido hacer por designio, una banda de inocentes marineros lo había hecho por accidente. Después de vigintillones de años, el gran Cthulhu estaba suelto de nuevo y hambriento de deleite.

Tres hombres fueron arrastrados por las flácidas garras antes de que nadie se diera la vuelta. Que en paz descansen, si es que hay algún descanso en el universo. Eran Donovan, Guerrera y Angstrom. Parker resbaló mientras los otros tres se lanzaban frenéticamente sobre interminables paisajes de roca con costra verde hacia el barco y Johansen jura que fue engullido por un ángulo de mampostería que no debería haber estado allí, un ángulo que era agudo pero que se comportaba como si fuera obtuso. Así que sólo Briden y Johansen alcanzaron el bote y tiraron desesperadamente del Alert mientras la monstruosidad montaño-

floundering at the edge of the water.

Steam had not been suffered to go down entirely, despite the departure of all hands for the shore; and it was the work of only a few moments of feverish rushing up and down between wheels and engines to get the Alert under way. Slowly, amidst the distorted horrors of that indescribable scene, she began to churn the lethal waters; whilst on the masonry of that charnel shore that was not of earth the titan Thing from the stars slavered and gibbered like Polypheme cursing the fleeing ship of Odysseus. Then, bolder than the storied Cyclops, great Cthulhu slid greasily into the water and began to pursue with vast wave-raising strokes of cosmic potency. Briden looked back and went mad, laughing shrilly as he kept on laughing at intervals till death found him one night in the cabin whilst Johansen was wandering deliriously.

But Johansen had not given out yet. Knowing that the Thing could surely overtake the Alert until steam was fully up, he resolved on a desperate chance; and, setting the engine for full speed, ran lightning-like on deck and reversed the wheel. There was a mighty eddying and foaming in the noisome brine, and as the steam mounted higher and higher the brave Norwegian drove his vessel head on against the pursuing jelly which rose above the unclean froth like the stern of a demon galleon. The awful squid-head with writhing feelers came nearly up to the bowsprit of the sturdy yacht, but Johansen drove on relentlessly.

There was a bursting as of an exploding bladder, a slushy nastiness as of a cloven sunfish, a stench as of a thousand opened graves, and a sound that the chronicler would not put on paper. For an instant the ship was befouled by an acrid and blinding green cloud, and then there was only a venomous seething astern; where—God in heaven!— the scattered plasticity of that nameless sky-spawn was nebulously recombining in its hateful original form, whilst its distance widened every second as the Alert gained impetus from its mounting steam.

That was all. After that Johansen only brooded over the idol in

sa se dejaba caer por las piedras viscosas y vacilaba tambaleándose al borde del agua.

No se había permitido que el vapor bajara del todo, a pesar de la partida de toda la tripulación hacia la orilla, y fue cosa de sólo unos instantes de febriles carreras arriba y abajo, entre ruedas y máquinas, para poner el Alert en marcha. Lentamente, en medio de los horrores distorsionados de aquella escena indescriptible, empezó a agitar las aguas letales mientras en la mazonería de aquella orilla de escoria que no era terrenal el titán, Cosa de las estrellas, se desgañitaba y farfullaba como Polifemo maldiciendo la nave huidiza de Odiseo. Entonces, más audaz que el cíclope de la historia, el gran Cthulhu se deslizó grasiento en el agua y comenzó a perseguir con vastos golpes de potencia cósmica que levantaban olas. Briden miró hacia atrás y enloqueció, riendo estridentemente a intervalos hasta que la muerte lo encontró una noche en la cabaña mientras Johansen vagaba delirante.

Pero Johansen aún no se había rendido. Sabiendo que la Cosa seguramente podría sobrepasar al Alert hasta que el vapor estuviera a tope, resolvió una oportunidad desesperada y, poniendo el motor a toda velocidad, corrió como un rayo sobre cubierta e invirtió el timón. Se produjo un poderoso remolino y se formó espuma en la ruidosa salmuera y, a medida que el vapor subía más y más, el valiente noruego condujo su barco de frente contra la gelatina perseguidora que se alzaba sobre la inmunda espuma como la popa de un galeón endemoniado. La espantosa cabeza de calamar con las antenas retorciéndose llegó casi hasta el bauprés del robusto yate pero Johansen siguió adelante implacablemente.

Hubo un estallido como el de una vejiga que explota, una asquerosidad viscosa como la de un pez sol hendido, un hedor como el de mil tumbas abiertas y un sonido que el cronista no pondría sobre el papel. Durante un instante, el barco se vio envuelto en una nube verde, acre y cegadora, y luego sólo hubo un hervidero venenoso a popa, donde —¡Dios del cielo!— la plasticidad dispersa de ese engendro celeste sin nombre se recombinaba nebulosamente en su odiosa forma original, mientras su distancia se ampliaba cada segundo a medida que el Alert ganaba ímpetu con su creciente vapor.

Eso fue todo. Después de eso Johansen sólo se dedicó a meditar sobre el

the cabin and attended to a few matters of food for himself and the laughing maniac by his side. He did not try to navigate after the first bold flight, for the reaction had taken something out of his soul. Then came the storm of April 2nd, and a gathering of the clouds about his consciousness. There is a sense of spectral whirling through liquid gulfs of infinity, of dizzying rides through reeling universes on a comet's tail, and of hysterical plunges from the pit to the moon and from the moon back again to the pit, all livened by a cachinnating chorus of the distorted, hilarious elder gods and the green, bat-winged mocking imps of Tartarus.

Out of that dream came rescue—the Vigilant, the vice-admiralty court, the streets of Dunedin, and the long voyage back home to the old house by the Egeberg. He could not tell—they would think him mad. He would write of what he knew before death came, but his wife must not guess. Death would be a boon if only it could blot out the memories.

That was the document I read, and now I have placed it in the tin box beside the bas-relief and the papers of Professor Angell. With it shall go this record of mine—this test of my own sanity, wherein is pieced together that which I hope may never be pieced together again. I have looked upon all that the universe has to hold of horror, and even the skies of spring and the flowers of summer must ever afterward be poison to me. But I do not think my life will be long. As my uncle went, as poor Johansen went, so I shall go. I know too much, and the cult still lives.

Cthulhu still lives, too, I suppose, again in that chasm of stone which has shielded him since the sun was young. His accursed city is sunken once more, for the Vigilant sailed over the spot after the April storm; but his ministers on earth still bellow and prance and slay around idol-capped monoliths in lonely places. He must have been trapped by the sinking whilst within his black abyss, or else the world would by now be screaming with fright and frenzy. Who knows the end? What has risen may sink, and what has sunk may rise. Loathsomeness waits and dreams in the deep, and decay spreads over the tottering cities of men. A time will come—but I must not and can not think! Let me pray that, if I do not survive this manuscript, my executors may put caution before audacity and see that it meets no other eye.

ídolo en la cabina y se ocupó de algunos asuntos de comida para él y para el maníaco risueño que tenía a su lado. No intentó navegar después de la primera audaz huida, pues la reacción le había sacado algo del alma. Entonces llegó la tormenta del 2 de abril y una acumulación de nubes en torno a su conciencia. Hay una sensación de torbellino espectral a través de los golfos líquidos del infinito, de vertiginosos paseos a través de universos tambaleantes en la cola de un cometa y de histéricas caídas desde la fosa a la luna y desde la luna de nuevo a la fosa, todo ello amenizado por un coro chirriante de los distorsionados e hilarantes dioses mayores y los verdes duendecillos burlones con alas de murciélago del Tártaro.

De ese sueño surgió el rescate: el Vigilant, el tribunal del vicealmirantazgo, las calles de Dunedin y el largo viaje de regreso a casa, a la vieja casa junto al Egeberg. No podía contarlo... le tomarían por loco. Escribiría sobre lo que sabía antes de que llegara la muerte pero su mujer no debía averiguarlo. La muerte sería una bendición si tan sólo pudiera borrar los recuerdos.

Ese fue el documento que leí y ahora lo he colocado en la caja de hojalata junto al bajorrelieve y los papeles del Profesor Angell. Con él se irá este registro mío, esta prueba de mi propia cordura, en la que se ensambla lo que espero que nunca vuelva a ensamblarse. He contemplado todo lo que el universo tiene de horroroso e incluso los cielos de la primavera y las flores del verano han de ser siempre veneno para mí. Pero no creo que mi vida sea larga. Como se fue mi tío, como se fue el pobre Johansen, así me iré yo. Sé demasiado, y el culto aún vive.

Cthulhu aún vive, también, supongo, de nuevo en ese abismo de piedra que le ha protegido desde que el sol era joven. Su ciudad maldita está hundida una vez más, pues el Vigilant navegó sobre el lugar tras la tormenta de abril, pero sus ministros en la tierra siguen bramando y brincando y matando alrededor de monolitos coronados de ídolos en lugares solitarios. Debe de haber quedado atrapado por el hundimiento mientras estaba dentro de su negro abismo pues de lo contrario el mundo estaría gritando ahora de espanto y frenesí. ¿Quién conoce el final? Lo que se ha elevado puede hundirse y lo que se ha hundido puede elevarse. Lo repugnante espera y sueña en las profundidades y la decadencia se extiende sobre las tambaleantes ciudades de los hombres. Llegará un momento... pero no debo ni puedo pensar. Permítanme rezar para que, si no sobrevivo a este manuscrito, mis albaceas antepongan la cautela a la audacia y procuren que no encuentre otro ojo.

"Gorgons, and Hydras, and Chimeras—dire stories of Celæno and the Harpies—may reproduce themselves in the brain of superstition—but they were there before. They are transcripts, types—the archetypes are in us, and eternal. How else should the recital of that which we know in a waking sense to be false come to affect us at all? Is it that we naturally conceive terror from such objects, considered in their capacity of being able to inflict upon us bodily injury? Oh, least of all! These terrors are of older standing. They date beyond body—or without the body, they would have been the same.... That the kind of fear here treated is purely spiritual—that it is strong in proportion as it is objectless on earth, that it predominates in the period of our sinless infancy—are difficulties the solution of which might afford some probable insight into our ante-mundane condition, and a peep at least into the shadowland of pre-existence."

—Charles Lamb: *Witches and Other Night-Fears.*

EL HORROR DE DUNWICH

«Las gorgonas, las hidras y las quimeras —las historias de Celæno y las arpías— pueden reproducirse en el cerebro de la superstición, pero... ya estaban ahí antes. Son transcripciones, tipos... los arquetipos están en nosotros y son eternos. ¿Cómo, si no, podría llegar a afectarnos el relato de lo que, de manera consciente, sabemos que es falso? ¿Es que concebimos naturalmente el terror de tales objetos, considerados en su capacidad de poder infligirnos lesiones corporales? Oh, ¡para nada! Estos terrores son más antiguos. Se remontan más allá del cuerpo... o sin el cuerpo, habrían sido lo mismo.... Que el tipo de miedo aquí tratado sea puramente espiritual... que su fuerza sea proporcional a su falta de objeto en la tierra, que predomine en el período de nuestra infancia sin pecado... son dificultades cuya solución podría ofrecer una visión probable de nuestra condición ante-mundana y una ojeada al menos a la tierra de sombras de la pre-existencia».

—Charles Lamb: *Brujas y otros miedos nocturnos.*

1

WHEN a traveler in north central Massachusetts takes the wrong fork at the junction of the Aylesbury pike just beyond Dean's Corners he comes upon a lonely and curious country. The ground gets higher, and the brier-bordered stone walls press closer and closer against the ruts of the dusty, curving road. The trees of the frequent forest belts seem too large, and the wild weeds, brambles, and grasses attain a luxuriance not often found in settled regions. At the same time the planted fields appear singularly few and barren; while the sparsely scattered houses wear a surprizing uniform aspect of age, squalor, and dilapidation. Without knowing why, one hesitates to ask directions from the gnarled, solitary figures spied now and then on crumbling doorsteps or in the sloping, rock strown meadows. Those figures are so silent and furtive that one feels somehow confronted by forbidden things, with which it would be better to have nothing to do. When a rise in the road brings the mountains in view above the deep woods, the feeling of strange uneasiness is increased. The summits are too rounded and symmetrical to give a sense of comfort and naturalness, and sometimes the sky silhouettes with especial clearness the queer circles of tall stone pillars with which most of them are crowned.

Gorges and ravines of problematical depth intersect the way, and the crude wooden bridges always seem of dubious safety. When the road dips again there are stretches of marshland that one instinctively dislikes, and indeed almost tears at evening when unseen whippoorwills chatter and the fireflies come out in abnormal profusion to dance to the raucous, creepily insistent rhythms of stridently piping bullfrogs. The thin, shining line of the Miskatonic's upper reaches has an oddly serpentlike suggestion as it winds close to the feet of the domed hills among which it rises.

As the hills draw nearer, one heeds their wooded sides more than their stone-crowned tops. Those sides loom up so darkly and precipitously that one wishes they would keep their distance, but there is no road by which to escape them. Across a covered bridge one sees

Cuando un viajero en el centro norte de Massachusetts toma la bifurcación equivocada en el cruce de la carretera de Aylesbury, justo después de Dean's Corners, se encuentra con un paraje solitario y curioso. El terreno se hace más alto y los muros de piedra bordeados de zarzas se aprietan cada vez más contra los surcos de la polvorienta y curvilínea carretera. Los árboles de los frecuentes cinturones forestales parecen demasiado grandes y la maleza silvestre, las zarzas y las hierbas alcanzan una frondosidad poco frecuente en las regiones pobladas. Al mismo tiempo, los campos plantados parecen singularmente escasos y estériles, mientras que las casas, apenas dispersas, presentan un sorprendente aspecto uniforme de vejez, miseria y dilapidación. Sin saber por qué, uno duda a la hora de pedir indicaciones a las figuras nudosas y solitarias que se divisan de vez en cuando en los umbrales de las puertas derruidas o en los prados inclinados y cubiertos de rocas. Esas figuras son tan silenciosas y furtivas que uno se siente de algún modo enfrentado a cosas prohibidas con las que sería mejor no tener nada que ver. Cuando una elevación de la carretera deja a la vista las montañas por encima de los profundos bosques, la sensación de extraña inquietud aumenta. Las cumbres son demasiado redondeadas y simétricas para dar una sensación de comodidad y naturalidad y a veces el cielo dibuja con especial nitidez los extraños círculos de altos pilares de piedra con los que están coronadas la mayoría de ellas.

Gargantas y barrancos de una profundidad problemática se entrecruzan en el camino y los toscos puentes de madera parecen siempre de dudosa seguridad. Cuando la carretera vuelve a inclinarse hay tramos de marismas que a uno le disgustan instintivamente y de hecho casi se le saltan las lágrimas al atardecer, cuando los invisibles chotacabras parlotean y las luciérnagas salen en anormal profusión para bailar al ritmo estridente y espantosamente insistente de las estridentes ranas toro. La delgada y brillante línea del curso superior del Miskatonic tiene una extraña sugerencia de serpiente cuando se enrosca cerca de los pies de las colinas abovedadas entre las que se eleva.

A medida que se acercan las colinas, uno presta más atención a sus laderas boscosas que a sus cimas coronadas de piedra. Esas laderas se alzan tan oscuras y escarpadas que uno desearía que se mantuvieran a distancia, pero no hay camino por el que escapar de ellas. Al otro lado de

a small village huddled between the stream and the vertical slope of Round Mountain, and wonders at the cluster of rotting gambrel roofs bespeaking an earlier architectural period than that of the neighboring region. It is not reassuring to see, on a closer glance, that most of the houses are deserted and falling to ruin, and that the broken-steepled church now harbors the one slovenly mercantile establishment of the hamlet. One dreads to trust the tenebrous tunnel of the bridge, yet there is no way to avoid it. Once across, it is hard to prevent the impression of a faint, malign odor about the village street, as of the massed mold and decay of centuries. It is always a relief to get clear of the place, and to follow the narrow road around the base of the hills and across the level country beyond till it rejoins the Aylesbury pike. Afterward one sometimes learns that one has been through Dunwich.

Outsiders visit Dunwich as seldom as possible, and since a certain season of horror all the signboards pointing toward it have been taken down. The scenery, judged by any ordinary esthetic canon, is more than commonly beautiful; yet there is no influx of artists or summer tourists. Two centuries ago, when talk of witch-blood, Satan-worship, and strange forest presences was not laughed at, it was the custom to give reasons for avoiding the locality. In our sensible age—since the Dunwich horror of 1928 was hushed up by those who had the town's and the world's welfare at heart—people shun it without knowing exactly why. Perhaps one reason—though it can not apply to uninformed strangers—is that the natives are now repellently decadent, having gone far along that path of retrogression so common in many New England backwaters. They have come to form a race by themselves, with the well-defined mental and physical stigmata of degeneracy and inbreeding. The average of their intelligence is wofully low, whilst their annals reek of overt viciousness and of half-hidden murders, incests, and deeds of almost unnamable violence and perversity. The old gentry, representing the two or three armigerous families which came from Salem in 1692 have kept somewhat above the general level of decay; though many branches are sunk into the sordid populace so deeply that only their names remain as a key, to the origin they disgrace. Some of the Whateleys and Bishops still send their eldest sons to Harvard and Miskatonic, though those sons seldom return to the moldering gambrel roofs under which they and their ancestors were born.

un puente cubierto se ve un pequeño pueblo acurrucado entre el arroyo y la ladera vertical de la Montaña Redonda y uno se maravilla ante el conjunto de tejados a dos aguas podridos que denotan un periodo arquitectónico anterior al de la región vecina. No es tranquilizador ver, al echar un vistazo más de cerca, que la mayoría de las casas están abandonadas y cayendo en la ruina y que la iglesia de techos rotos alberga ahora el único establecimiento mercantil, descuidado, de la aldea. Uno teme fiarse del tenebroso túnel del puente, pero no hay forma de evitarlo. Una vez cruzado, es difícil evitar la impresión de un olor tenue y maligno en la calle del pueblo, como de moho amasado y decadencia de siglos. Siempre es un alivio alejarse del lugar y seguir la estrecha carretera que rodea la base de las colinas y atraviesa la llanura más allá hasta que vuelve a unirse con la carretera de Aylesbury. Después uno se entera a veces de que ha pasado por Dunwich.

Los forasteros visitan Dunwich lo menos posible y desde cierta temporada de horror se han retirado todos los carteles que apuntaban hacia ella. El paisaje, juzgado por cualquier canon estético ordinario, es más que comúnmente bello, sin embargo, no hay afluencia de artistas ni de turistas de verano. Hace dos siglos, cuando no era motivo de burla hablar de sangre de bruja, culto a Satán y extrañas presencias del bosque, era costumbre dar razones para evitar el lugar. En nuestra época sensata —desde que el horror de Dunwich de 1928 fue silenciado por quienes tenían en mente el bienestar de la ciudad y del mundo— la gente la rehúye sin saber exactamente por qué. Quizá una de las razones —aunque no pueda aplicarse a los forasteros desinformados— sea que los nativos son ahora repelentemente decadentes, habiendo avanzado bastante por ese camino de retroceso tan común en muchos remansos de Nueva Inglaterra. Han llegado a formar una raza por sí mismos, con los estigmas mentales y físicos bien definidos propios a la degeneración y la endogamia. La media de su inteligencia es notablemente baja, mientras que sus anales apestan a vileza manifiesta y a asesinatos semiocultos, incestos y hechos de una violencia y perversidad casi innombrables. La vieja alta burguesía, que representa a las dos o tres familias armigueras que vinieron de Salem en 1692, se ha mantenido algo por encima del nivel general de decadencia, aunque muchas ramas están hundidas en el sórdido populacho tan profundamente que sólo quedan sus nombres como clave del origen que deshonran. Algunos de los Whateley y los Bishop siguen enviando a sus hijos mayores a Harvard y Miskatonic, aunque esos hijos rara vez regresan a los derruidos tejados de dos aguas

No one, even those who have the facts concerning the recent horror, can say just what is the matter with Dunwich; though old legends speak of unhallowed rites and conclaves of the Indians, amidst which they called forbidden shapes of shadow out of the great rounded hills, and made wild orgiastic prayers that were answered by loud crackings and rumblings from the ground below. In 1747 the Reverend Abijah Hoadley, newly come to the Congregational Church at Dunwich Village, preached a memorable sermon on the close presence of Satan and his imps, in which he said:

It must be allow'd that these Blasphemies of an infernall Train of Dæmons are Matters of too common Knowledge to be deny'd; the cursed Voices of Azazel and Buzrael, of Beelzebub and Belial, being heard from under Ground by above a Score of credible Witnesses now living. I myself did not more than a Fortnight ago catch a very plain Discourse of evill Powers in the Hill behind my House; wherein there were a Rattling and Rolling, Groaning, Screeching, and Hissing, such as no Things of this Earth cou'd raise up, and which must needs have come from those Caves that only black Magick can discover, and only the Divell unlock.

Mr. Hoadley disappeared soon after delivering this sermon; but the text, printed in Springfield, is still extant. Noises in the hills continued to be reported from year to year, and still form a puzzle to geologists and physiographers.

Other traditions tell of foul odors near the hill-crowning circles of stone pillars, and of rushing airy presences to be heard faintly at certain hours from stated points at the bottom of the great ravines; while still others try to explain the Devil's Hop Yard—a bleak, blasted hillside where no tree, shrub, or grass-blade will grow. Then, too, the natives are mortally afraid of the numerous whippoorwills which grow vocal on warm nights. It is vowed that the birds are psychopomps lying in wait for the souls of the dying, and that they time their eery cries in unison with the sufferer's struggling breath. If they can catch the fleeing soul when it leaves the body, they instantly flutter away chittering in demoniac laughter; but if they fail, they subside gradu-

bajo los que nacieron ellos y sus antepasados.

Nadie, ni siquiera quienes conocen los hechos relativos al reciente horror, puede decir exactamente qué le ocurre a Dunwich, aunque las viejas leyendas hablan de ritos y cónclaves profanos de los indios, en medio de los cuales llamaban a formas prohibidas de la sombra desde las grandes colinas redondeadas y recitaban salvajes plegarias orgiásticas que eran respondidas por fuertes crujidos y estruendos procedentes del subsuelo. En 1747 el Reverendo Abijah Hoadley, recién llegado a la Iglesia Congregacionalista de Dunwich Village, predicó un memorable sermón sobre la presencia cercana de Satanás y sus diablillos, en el que decía:

Debe admitirse que estas Blasfemias de un Tren infernal de Demonios son Asuntos de Conocimiento demasiado común para ser negados, las Voces malditas de Azazel y Buzrael, de Belcebú y Belial, han sido oídas desde debajo de la Tierra por más de una Veintena de Testigos fidedignos que viven en la actualidad. Yo mismo no hace más de una Quincena capté un Discurso muy claro de Poderes malignos en la Colina detrás de mi Casa, en el que había un Traqueteo y un Rodar, Gemidos, Chillidos y Siseos, tales como ninguna Cosa de esta Tierra podría suscitar y que necesariamente debían provenir de esas Cuevas que sólo la Magia negra puede descubrir y sólo el Divino desentrañar.

Mr. Hoadley desapareció poco después de pronunciar este sermón pero el texto, impreso en Springfield, aún se conserva. Los ruidos en las colinas continuaron reportándose año tras año y aún constituyen un enigma para geólogos y fisiógrafos.

Otras tradiciones hablan de olores nauseabundos cerca de los círculos de pilares de piedra que coronan las colinas y de presencias aéreas que se oyen débilmente a ciertas horas desde puntos señalados en el fondo de los grandes barrancos, mientras que otras intentan explicar el Patio del Lúpulo del Diablo... una ladera desolada y arrasada donde no crece ningún árbol, arbusto o brizna de hierba. Además, los nativos temen mortalmente a los numerosos chotacabras que se ponen a vociferar en las noches cálidas. Se jura que los pájaros son psicópatas al acecho de las almas de los moribundos y que acompasan sus gritos espeluznantes al unísono con la respiración agitada del enfermo. Si consiguen atrapar al alma que huye cuando abandona el cuerpo, se alejan al

ally into a disappointed silence.

These tales, of course, are obsolete and ridiculous; because they come down from very old times. Dunwich is indeed ridiculously old—older by far than any of the communities within thirty miles of it. South of the village one may still spy the cellar walls and chimney of the ancient Bishop house, which was built before 1700; whilst the ruins of the mill at the falls, built in 1806, form the most modern piece of architecture to be seen. Industry did not flourish here, and the Nineteenth Century factory movement proved short-lived. Oldest of all are the great rings of rough-hewn stone columns on the hilltops, but these are more generally attributed to the Indians than to the settlers. Deposits of skulls and bones, found within these circles and around the sizable table-like rock on Sentinel Hill, sustain the popular belief that such spots were once the burial-place's of the Pocumtucks; even though many ethnologists, disregarding the absurd improbability of such a theory, persist in believing the remains Caucasian.

instante chirriando en una risa demoníaca pero, si fracasan, se apagan gradualmente en silencio a causa de la decepción.

Estos cuentos, por supuesto, son obsoletos y ridículos porque provienen de tiempos muy antiguos. Dunwich es, en efecto, ridículamente antigua... más antigua de lejos que cualquiera de las comunidades situadas en un radio de treinta millas. Al sur del pueblo aún se pueden divisar las paredes del sótano y la chimenea de la antigua casa del Obispo, construida antes de 1700, mientras que las ruinas del molino de las cataratas, construido en 1806, constituyen la pieza arquitectónica más moderna que se puede ver. La industria no floreció aquí y el movimiento fabril del siglo XIX resultó efímero. Lo más antiguo son los grandes anillos de columnas de piedra toscamente labradas en las cimas de las colinas pero generalmente se atribuyen más a los indios que a los colonos. Los yacimientos de cráneos y huesos, encontrados dentro de estos círculos y alrededor de la considerable roca en forma de mesa de la colina Sentinel, sostienen la creencia popular de que estos lugares fueron en su día el lugar de enterramiento de los Pocumtuck, aunque muchos etnólogos, haciendo caso omiso de la absurda improbabilidad de tal teoría, persisten en creer que los restos son caucásicos.

2

It was in the township of Dunwich, in a large and partly inhabited farmhouse set against a hillside four miles from the village and a mile and a half from any other dwelling, that Wilbur Whateley was born at 5 a. m. on Sunday, the second of February, 1913. This date was recalled because it was Candlemas, which people in Dunwich curiously observe under another name; and because the noises in the hills had sounded, and all the dogs of the countryside had barked persistently, throughout the night before. Less worthy of notice was the fact that the mother was one of the decadent Whateleys, a somewhat deformed, unattractive albino woman of 35, living with an aged and half-insane father about whom the most frightful tales of wizardry had been whispered in his youth. Lavinia Whateley had no known husband, but according to the custom of the region made no attempt to disavow the child; concerning the other side of whose ancestry the country folk might—and did—speculate as widely as they chose. On the contrary, she seemed strangely proud of the dark, goatish-looking infant who formed such a contrast to her own sickly and pink-eyed albinism, and was heard to mutter many curious prophecies about its unusual powers and tremendous future.

Lavinia was one who would be apt to mutter such things, for she was a lone creature given to wandering amidst thunderstorms in the hills and trying to read the great odorous books which her father had inherited through two centuries of Whateleys, and which were fast falling to pieces with age and worm-holes. She had never been to school, but was filled with disjointed scraps of ancient lore that Old Whateley had taught her. The remote farmhouse had always been feared because of Old Whateley's reputation for black magic, and the unexplained death by violence of Mrs. Whateley when Lavinia was twelve years old had not helped to make the place popular. Isolated among strange influences, Lavinia was fond of wild and grandiose daydreams and singular occupations; nor was her leisure much taken up by household cares in a home from which all standards of order and cleanliness had long since disappeared.

There was a hideous screaming which echoed above even the hill noises and the dogs' barking on the night Wilbur was born, but no

Fue en la localidad de Dunwich, en una granja grande y parcialmente habitada situada en la ladera de una colina a cuatro millas del pueblo y a milla y media de cualquier otra vivienda, donde nació Wilbur Whateley a las 5 de la mañana del domingo 2 de febrero de 1913. Se recordó esta fecha porque era la Candelaria, que la gente de Dunwich observa curiosamente con otro nombre, y porque durante toda la noche anterior se habían oído ruidos en las colinas y todos los perros del campo habían ladrado insistentemente. Menos digno de mención era el hecho de que la madre era una de las decadentes Whateley, una mujer albina de 35 años, algo deforme y poco atractiva, que vivía con un padre anciano y medio demente sobre el que se habían susurrado las más espantosas historias de hechicería en su juventud. Lavinia Whateley no tenía marido conocido, pero según la costumbre de la región no hizo ningún intento de renegar del niño; respecto al otro lado de cuya ascendencia la gente del campo podía especular —y especulaba— tan ampliamente como quisiera. Por el contrario, parecía extrañamente orgullosa del bebé oscuro y de aspecto caprino que tanto contrastaba con su propio albinismo enfermizo y de ojos rosados y se le oyó murmurar muchas curiosas profecías sobre sus inusuales poderes y su tremendo futuro.

Lavinia era alguien susceptible de murmurar tales cosas, pues era una criatura solitaria dada a vagar entre tormentas por las colinas y a intentar leer los voluminosos y olorosos libros que su padre había heredado a través de dos siglos de Whateleys y que se estaban cayendo a pedazos por la edad y los agujeros causados por los gusanos. Nunca había ido a la escuela pero se llenaba la boca con retazos inconexos de la antigua sabiduría popular que le había enseñado el viejo Whateley. La remota granja siempre había sido temida por la reputación de magia negra del viejo Whateley y la inexplicable muerte violenta de Mrs. Whateley cuando Lavinia tenía doce años no había contribuido a popularizar el lugar. Aislada entre extrañas influencias, Lavinia era aficionada a las ensoñaciones salvajes y grandiosas y a las ocupaciones singulares; su ocio tampoco estaba muy dedicado a las tareas domésticas en un hogar del que hacía tiempo que habían desaparecido todas las normas de orden y limpieza.

Hubo un grito espantoso que resonó por encima incluso de los ruidos de la colina y los ladridos de los perros la noche en que nació Wilbur

known doctor or midwife presided at his coming. Neighbors knew nothing of him till a week afterward, when Old Whateley drove his sleigh through the snow into Dunwich Village and discoursed incoherently to the group of loungers at Osborn's general store. There seemed to be a change in the old man—an added element of furtiveness in the clouded brain which subtly transformed him from an object to a subject of fear—though he was not one to be perturbed by any common family event. Amidst it all he showed some trace of the pride later noticed in his daughter, and what he said of the child's paternity was remembered by many of his hearers years afterward.

"I dun't keer what folks think—ef Lavinny's boy looked like his pa, he wouldn't look like nothin' ye expeck. Ye needn't think the only folks is the folks hereabouts. Lavinny's read some, an' has seed some things the most o' ye only tell abaout. I calc'late her man is as good a husban' as ye kin find this side of Aylesbury; an' ef ye knowed as much abaout the hills as I dew, ye wouldn't ast no better church weddin' nor her'n. Let me tell ye suthin'—some day yew folks'll hear a child o' Lavinny's a-callin' its father's name on the top o' Sentinel Hill!"

The only persons who saw Wilbur during the first month of his life were old Zechariah Whateley, of the undecayed Whateleys, and Earl Sawyer's common-law wife, Mamie Bishop. Mamie's visit was frankly one of curiosity, and her subsequent tales did justice to her observations; but Zechariah came to lead a pair of Alderney cows which Old Whateley had bought of his son Curtis. This marked the beginning of a course of cattle-buying on the part of small Wilbur's family which ended only in 1928, when the Dunwich horror came and went; yet at no time did the ramshackle Whateley barn seem overcrowded with livestock. There came a period when people were curious enough to steal up and count the herd that grazed precariously on the steep hillside above the old farmhouse, and they could never find more than ten or twelve anemic, bloodless-looking specimens. Evidently some blight or distemper, perhaps sprung from the unwholesome pasturage or the diseased fungi and timbers of the filthy barn, caused a heavy mortality amongst the Whateley animals. Odd wounds or sores, having something of the aspect of incisions, seemed to afflict the visible cattle; and once or twice during the earlier months certain

pero ningún médico ni comadrona conocidos presidieron su llegada. Los vecinos no supieron nada de él hasta una semana después, cuando el viejo Whateley condujo su trineo a través de la nieve hasta el pueblo de Dunwich y disertó incoherentemente ante el grupo de holgazanes del almacén de ramos generales de Osborn. Parecía haber un cambio en el anciano —un elemento añadido de furtividad en el cerebro nublado que lo transformaba sutilmente de objeto a sujeto de temor— aunque no era de los que se perturbaban por cualquier acontecimiento familiar común. En medio de todo ello mostró algún rastro del orgullo que más tarde se notó en su hija y lo que dijo sobre la paternidad del niño fue recordado por muchos de sus oyentes años después.

«No me importa lo que piense la gente; si el hijo de Lavinia se pareciera a su padre, no se parecería a nada de lo que ustedes esperan. No tienen por qué pensar que la única gente es la de por aquí. Lavinia ha leído algo y ha sembrado algunas cosas que la mayoría de ustedes sólo cuentan. Calculo que su hombre es tan buen marido como el que se puede encontrar de este lado de Aylesbury y, si supieran tanto de las colinas como yo, no encontrarían una boda por la iglesia mejor que la de ella. Déjenme decirles algo: ¡algún día oirán a un niño de Lavinia gritando el nombre de su padre en la cima de la colina Sentinel!».

Las únicas personas que vieron a Wilbur durante el primer mes de su vida fueron el viejo Zechariah Whateley, de los Whateley sin decadencia, y la concubina de Earl Sawyer, Mamie Bishop. La visita de Mamie fue francamente por curiosidad y sus relatos posteriores hicieron justicia a sus observaciones pero Zechariah vino a guiar un par de vacas Alderney que el viejo Whateley había comprado a su hijo Curtis. Esto marcó el comienzo de una trayectoria de compra de ganado por parte de la familia del pequeño Wilbur que no terminó hasta 1928, cuando el horror de Dunwich llegó y se fue; sin embargo, en ningún momento el destartalado granero de Whateley pareció abarrotado de ganado. Llegó un momento en que la gente mostró la curiosidad suficiente como para acercarse y contar el rebaño que pastaba precariamente en la empinada ladera sobre la vieja granja y nunca pudieron encontrar más de diez o doce ejemplares anémicos y exangües. Evidentemente, alguna plaga o moquillo, tal vez originado por los pastos insalubres o por los hongos y maderas enfermas del mugriento establo, causaba una gran mortandad entre los animales de Whateley. Heridas o llagas extrañas, con aspecto de incisiones, parecían afligir al ganado visible y una o dos veces, du-

callers fancied they could discern similar sores about the throats of the gray, unshaven old man and his slatternly, crinkly-haired albino daughter.

In the spring after Wilbur's birth Lavinia resumed her customary rambles in the hills, bearing in her misproportioned arms the swarthy child. Public interest in the Whateleys subsided after most of the country folk had seen the baby, and no one bothered to comment on the swift development which that newcomer seemed every day to exhibit. Wilbur's growth was indeed phenomenal, for within three months of his birth he had attained a size and muscular power not usually found in infants under a full year of age. His motions and even his vocal sounds showed a restraint and deliberateness highly peculiar in an infant, and no one was really unprepared when, at seven months, he began to walk unassisted, with falterings which another month was sufficient to remove.

It was somewhat after this time—on Hallowe'en—that a great blaze was seen at midnight on the top of Sentinel Hill where the old table-like stone stands amidst its tumulus of ancient bones. Considerable talk was started when Silas Bishop—of the undecayed Bishops—mentioned having seen the boy running sturdily up that hill ahead of his mother about an hour before the blaze was remarked. Silas was rounding up a stray heifer, but he nearly forgot his mission when he fleetingly spied the two figures in the dim light of his lantern. They darted almost noiselessly through the underbrush, and the astonished watcher seemed to think they were entirely unclothed. Afterward he could not be sure about the boy, who may have had some kind of a fringed belt and a pair of dark blue trunks or trousers on. Wilbur was never subsequently seen alive and conscious without complete and tightly buttoned attire, the disarrangement or threatened disarrangement of which always seemed to fill him with anger and alarm. His contrast with his squalid mother and grandfather in this respect was thought very notable until the horror of 1928 suggested the most valid of reasons.

The next January gossips were mildly interested in the fact that "Lavinny's black brat" had commenced to talk, and at the age of only eleven months. His speech was somewhat remarkable both because

rante los primeros meses, algunos visitantes creyeron discernir llagas similares en las gargantas del viejo canoso y sin afeitar y de su hija albina de pelo arrugado y desaliñado.

En la primavera siguiente al nacimiento de Wilbur, Lavinia reanudó sus habituales paseos por las colinas, llevando en sus desproporcionados brazos al moreno niño. El interés público por los Whateley disminuyó después de que la mayoría de la gente del campo hubiera visto al bebé y nadie se molestó en comentar el rápido desarrollo que aquel recién llegado parecía mostrar cada día. El crecimiento de Wilbur fue realmente fenomenal, ya que a los tres meses de nacer había alcanzado un tamaño y una potencia muscular que no suelen encontrarse en niños menores de un año. Sus movimientos e incluso sus sonidos vocales mostraban una contención y una intencionalidad muy peculiares en un bebé y nadie estuvo realmente asombrado cuando, a los siete meses, empezó a andar sin ayuda, con vacilaciones que un mes más bastó para eliminar.

Fue algo después de esa fecha —en Noche de Brujas— cuando, a medianoche, se observó un gran incendio en la cima de la colina Sentinel, donde se erige la vieja piedra con forma de mesa en medio de su túmulo de huesos antiguos. Se armó un gran revuelo cuando Silas Bishop —uno de los Bishop no decaídos— mencionó que había visto al niño corriendo con paso firme colina arriba, delante de su madre, aproximadamente una hora antes de que se observara el incendio. Silas estaba acorralando a una vaquilla descarriada pero casi olvidó su misión cuando divisó fugazmente las dos figuras a la tenue luz de su linterna. Se escabulleron casi sin hacer ruido entre la maleza y al asombrado observador le pareció que iban completamente desnudos. Después, no podía estar seguro, el muchacho tal vez llevara algún tipo de cinturón con flecos y un par de calzones o pantalones azul oscuro. Wilbur nunca fue visto posteriormente vivo y consciente sin un atuendo completo y bien abotonado, cuyo desarreglo o amago de desarreglo siempre parecía llenarle de ira y alarma. Su contraste con su escuálida madre y su abuelo a este respecto se consideró muy notable hasta que el horror de 1928 sugirió la más válida de las razones.

El siguiente mes de enero, los rumores estaban ligeramente interesados en el hecho de que el «mocoso negro de Lavinia» había empezado a hablar... y a la edad de sólo once meses. Su habla era algo notable, tanto

of its difference from the ordinary accents of the region, and because it displayed a freedom from infantile lisping of which many children of three or four might well be proud. The boy was not talkative, yet when he spoke he seemed to reflect some elusive element wholly un-possessed by Dunwich and its denizens. The strangeness did not re-side in what he said, or even in the simple idioms he used; but seemed vaguely linked with his intonation or with the internal organs that produced the spoken sounds. His facial aspect, too, was remarkable for its maturity; for though he shared his mother's and grandfather's chinlessness, his firm and precociously shaped nose united with the expression on his large, dark, almost Latin eyes to give him an air of quasi-adulthood and well-nigh preternatural intelligence. He was, however, exceedingly ugly despite his appearance of brilliancy; there being something almost goatish or animalistic about his thick lips, large-pored, yellowish skin, coarse crinkly hair, and oddly elongated ears. He was soon disliked even more decidedly than his mother and grandsire, and all conjectures about him were spiced with references to the by-gone magic of Old Whateley, and how the hills once shook when he shrieked the dreadful name of Yog-Sothoth in the midst of a circle of stones with a great book open in his arms before him. Dogs abhorred the boy, and he was always obliged to take various defen-sive measures against their barking menace.

por su diferencia con los acentos ordinarios de la región, como porque mostraba una ausencia de ceceo infantil de la que muchos niños de tres o cuatro años bien podrían estar orgullosos. El muchacho no era hablador pero cuando hablaba parecía reflejar algún elemento elusivo que Dunwich y sus habitantes no poseían en absoluto. La extrañeza no residía en lo que decía, ni siquiera en los sencillos modismos que empleaba, sino que parecía vagamente ligada a su entonación o a los órganos internos que producían los sonidos hablados. El aspecto de su rostro también destacaba por su madurez, pues aunque compartía la falta de mentón de su madre y su abuelo, su nariz firme y precozmente perfilada se unía a la expresión de sus ojos grandes, oscuros, casi latinos, para darle un aire de cuasi madurez y una inteligencia casi sobrenatural. Sin embargo, era extremadamente feo a pesar de su aspecto brillante: había algo casi caprino o animal en sus labios gruesos, su piel amarillenta de poros grandes, su pelo áspero y arrugado y sus orejas extrañamente alargadas. Pronto cayó aún más antipático que su madre y su nieto y todas las conjeturas sobre él estaban aderezadas con referencias a la antigua magia del viejo Whateley y a cómo las colinas temblaron una vez cuando gritó el espantoso nombre de Yog-Sothoth en medio de un círculo de piedras con un gran libro abierto en sus brazos. Los perros aborrecían al muchacho y siempre se veía obligado a tomar diversas medidas defensivas contra la amenaza que demostraban sus ladridos.

Meanwhile Old Whateley continued to buy cattle without measurably increasing the size of his herd. He also cut timber and began to repair the unused parts of his house—a spacious, peaked-roofed affair whose rear end was buried entirely in the rocky hillside, and whose three least-ruined ground-floor rooms had always been sufficient for himself and his daughter. There must have been prodigious reserves of strength in the old man to enable him to accomplish so much hard labor; and though he still babbled dementedly at times, his carpentry seemed to show the effects of sound calculation. It had really begun as soon as Wilbur was born, when one of the many tool sheds had been put suddenly in order, clapboarded, and fitted with a stout fresh lock. Now, in restoring the abandoned upper story of the house, he was a no less thorough craftsman. His mania showed itself only in his tight boarding-up of all the windows in the reclaimed section—though many declared that it was a crazy thing to bother with the reclamation at all. Less inexplicable was his fitting-up of another downstairs room for his new grandson—a room which several callers saw, though no one was ever admitted to the closely-boarded upper story. This chamber he lined with tall, firm shelving; along which he began gradually to arrange, in apparently careful order, all the rotting ancient books and parts of books which during his own day had been heaped promiscuously in odd corners of the various rooms.

"I made some use of 'em," he would say as he tried to mend a torn black-letter page with paste prepared on the rusty kitchen stove, "but the boy's fitten to make better use of 'em. He'd orter hev 'em as well sot as he kin, for they're goin' to be all of his larmin'."

When Wilbur was a year and seven months old—in September of 1914—his size and accomplishments were almost alarming. He had grown as large as a child of four, and was a fluent and incredibly intelligent talker. He ran freely about the fields and hills, and accompanied his mother on all her wanderings. At home he would pore diligently over the queer pictures and charts in his grandfather's books, while Old Whateley would instruct and catechize him through long, hushed afternoons. By this time the restoration of the house was

Entretanto, el viejo Whateley siguió comprando ganado sin aumentar sensiblemente el tamaño de su rebaño. También cortó madera y empezó a reparar las partes inutilizadas de su casa, una espaciosa construcción con tejado a dos aguas cuya parte trasera estaba enterrada por completo en la ladera rocosa y cuyas tres habitaciones de la planta baja, las menos arruinadas, siempre habían sido suficientes para él y su hija. Debían de existir en el anciano prodigiosas reservas de fuerza para permitirle llevar a cabo tan arduo trabajo y aunque a veces seguía balbuceando como un demente, su carpintería parecía mostrar los efectos de un cálculo sensato. En realidad había empezado en cuanto nació Wilbur, cuando uno de los muchos cobertizos de herramientas fue puesto en orden de repente, revestido de tablas y provisto de una robusta cerradura nueva. Luego, al restaurar el piso superior abandonado de la casa, fue un artesano no menos meticuloso. Su manía sólo se manifestó en el tapiado de todas las ventanas de la parte recuperada, aunque muchos declararon que era una locura preocuparse por ello. Menos inexplicable fue la habilitación de otra habitación en la planta baja para su nuevo nieto, una habitación que varios visitantes vieron, aunque nunca se admitió a nadie en el piso superior cuidadosamente tapiado. Forró esta cámara con estanterías altas y firmes, a lo largo de las cuales empezó a colocar gradualmente, en un orden aparentemente cuidadoso, todos los libros antiguos y partes de libros en descomposición que durante sus días se habían amontonado promiscuamente en rincones extraños de las diversas habitaciones.

«Yo les di algún uso», decía mientras trataba de remendar una página rota de letras negras con pasta preparada en la cocina oxidada, «pero el muchacho está en condiciones de darles mejor uso. Más le vale tenerlos lo mejor guardados que pueda, porque van a ser todo su sustento».

Cuando Wilbur tenía un año y siete meses, en septiembre de 1914, su tamaño y sus logros eran casi alarmantes. Había crecido tanto como un niño de cuatro años y hablaba con fluidez y una inteligencia increíble. Corría libremente por los campos y las colinas y acompañaba a su madre en todos sus paseos. En casa estudiaba detenidamente los extraños dibujos y gráficos de los libros de su abuelo, mientras el viejo Whateley le instruía y catequizaba durante largas y silenciosas tardes. Para entonces la restauración de la casa estaba terminada y quienes la obser-

finished, and those who watched it wondered why one of the upper windows had been made into a solid plank door. It was a window in the rear of the east gable end, close against the hill; and no one could imagine why a cleated wooden runway was built up to it from the ground. About the period of this work's completion people noticed that the old tool-house, tightly locked and windowlessly clapboarded since Wilbur's birth, had been abandoned again. The door swung listlessly open, and when Earl Sawyer once stepped within after a cattle-selling call on Old Whateley he was quite discomposed by the singular odor he encountered—such a stench, he averred, as he had never before smelt in all his life except near the Indian circles on the hills, and which could not come from anything sane or of this earth. But then, the homes and sheds of Dunwich folk have never been re-markable for olfactory immaculateness.

The following months were void of visible events, save that every-one swore to a slow but steady increase in the mysterious hill noises. On May Eve of 1915 there were tremors which even the Aylesbury people felt, whilst the following Hallowe'en produced an under-ground rumbling queerly synchronized with bursts of flame—"them witch Whateleys' doin's"—from the summit of Sentinel Hill. Wilbur was growing up uncannily, so that he looked like a boy of ten as he en-tered his fourth year. He read avidly by himself now; but talked much less than formerly. A settled taciturnity was absorbing him, and for the first time people began to speak specifically of the dawning look of evil in his goatish face. He would sometimes mutter an unfamiliar jargon, and chant in bizarre rhythms which chilled the listener with a sense of unexplainable terror. The aversion displayed toward him by dogs had now become a matter of wide remark, and he was obliged to carry a pistol in order to traverse the countryside in safety. His oc-casional use of the weapon did not enhance his popularity amongst the owners of canine guardians.

The few callers at the house would often find Lavinia alone on the ground floor, while odd cries and footsteps resounded in the board-ed-up second story. She would never tell what her father and the boy were doing up there, though once she turned pale and displayed an abnormal degree of fear when a jocose fishpeddler tried the locked door leading to the stairway. That peddler told the store loungers at

vaban se preguntaban por qué una de las ventanas superiores se había convertido en una sólida puerta de tablones. Era una ventana en la parte trasera del hastial este, pegada a la colina, y nadie podía imaginar por qué se había construido hasta ella una pasarela de madera con listones desde el suelo. Más o menos cuando se terminaron estas obras, la gente se dio cuenta de que la vieja caseta de herramientas, cerrada a cal y canto y sin ventanas desde el nacimiento de Wilbur, había sido abandonada de nuevo. La puerta se abrió desganadamente y cuando Earl Sawyer entró después de una visita al viejo Whateley para vender ganado, se sintió bastante desconcertado por el singular olor que encontró: un hedor como nunca antes había olido en toda su vida, excepto cerca de los círculos indios de las colinas y que no podía provenir de nada sano o de esta tierra. Pero las casas y los cobertizos de los habitantes de Dunwich nunca han destacado por su inmaculabilidad olfativa.

En los meses siguientes no se produjeron acontecimientos visibles, salvo que todo el mundo juraba que los misteriosos ruidos de las colinas aumentaban lenta pero constantemente. En la víspera de mayo de 1915 se produjeron temblores que incluso los habitantes de Aylesbury sintieron, mientras que la siguiente Noche de Brujas produjo un estruendo subterráneo extrañamente sincronizado con estallidos de llamas —«esas cosas que hacen los brujos Whateley»— procedentes de la cima de la colina Sentinel. Wilbur crecía de forma extraña, de modo que parecía un niño de diez años al entrar en su cuarto año. Ahora leía ávidamente pero hablaba mucho menos que antes. Una asentada taciturnidad lo estaba absorbiendo y por primera vez la gente empezó a hablar específicamente de la creciente mirada malvada en su rostro caprino. A veces murmuraba una jerga desconocida y entonaba cánticos con ritmos extraños que helaban al oyente con una sensación de terror inexplicable. La aversión que le profesaban los perros se había convertido en un tema muy comentado y se vio obligado a llevar una pistola para poder atravesar el campo con seguridad. El uso ocasional del arma no aumentó su popularidad entre los propietarios de perros guardianes.

Las pocas personas que visitaban la casa solían encontrar a Lavinia sola en la planta baja, mientras que en el segundo piso, tapiado con tablas, resonaban gritos y pasos extraños. Nunca dijo qué hacían su padre y el chico allí arriba, aunque una vez se puso pálida y mostró un grado anormal de miedo cuando un jocoso vendedor ambulante de pescado intentó abrir la puerta cerrada que daba a la escalera. Aquel vendedor

Dunwich Village that he thought he heard a horse stamping on that floor above. The loungers reflected, thinking of the door and runway, and of the cattle that so swiftly disappeared. Then they shuddered as they recalled tales of Old Whateley's youth, and of the strange things that are called out of the earth when a bullock is sacrificed at the proper time to certain heathen gods. It had for some time been noticed that dogs had begun to hate and fear the whole Whateley place as violently as they hated and feared young Wilbur personally.

In 1917 the war came, and Squire Sawyer Whateley, as chairman of the local draft board, had hard work finding a quota of young Dunwich men fit even to be sent to a development camp. The government, alarmed at such signs of wholesale regional decadence, sent several officers and medical experts to investigate; conducting a survey which New England newspaper readers may still recall. It was the publicity attending this investigation which set reporters on the track of the Whateleys, and caused the Boston Globe and Arkham Advertiser to print flamboyant Sunday stories of young Wilbur's precociousness. Old Whateley's black magic, the shelves of strange books, the sealed second story of the ancient farmhouse, and the weirdness of the whole region and its hill noises. Wilbur was four and a half then, and looked like a lad of fifteen. His lip and cheek were fuzzy with a coarse dark down, and his voice had begun to break. Earl Sawyer went out to the Whateley place with both sets of reporters and camera men, and called their attention to the queer stench which now seemed to trickle down from the sealed upper spaces. It was, he said, exactly like a smell he had found in the tool-shed abandoned when the house was finally repaired, and like the faint odors which he sometimes thought he caught near the stone circles on the mountains. Dunwich folk read the stories when they appeared, and grinned over the obvious mistakes. They wondered, too, why the writers made so much of the fact that Old Whateley always paid for his cattle in gold pieces of extremely ancient date. The Whateleys had received their visitors with ill-concealed distaste, though they did not dare court further publicity by a violent resistance or refusal to talk.

ambulante dijo a los tenderos de la aldea de Dunwich que le había parecido oír el estampido de un caballo en el piso de arriba. Los holgazanes reflexionaron, pensando en la puerta y la pasarela, y en el ganado que tan rápidamente desaparecía. Luego se estremecieron al recordar historias de la juventud del viejo Whateley y de las cosas extrañas que surgen de la tierra cuando se sacrifica un buey en el momento oportuno a ciertos dioses paganos. Desde hacía algún tiempo se había observado que los perros habían empezado a odiar y temer a todo el paraje de Whateley con tanta violencia como odiaban y temían personalmente al joven Wilbur.

En 1917 llegó la guerra y el terrateniente Sawyer Whateley, como presidente de la junta local de reclutamiento, tuvo que trabajar duro para encontrar un cupo de jóvenes de Dunwich aptos incluso para ser enviados a un campo de desarrollo. El gobierno, alarmado ante tales signos de decadencia regional generalizada, envió a varios oficiales y expertos médicos a investigar, realizando una encuesta que los lectores de periódicos de Nueva Inglaterra quizá aún recuerden. Fue la publicidad que acompañó a esta investigación lo que puso a los periodistas tras la pista de los Whateley e hizo que el Boston Globe y el Arkham Advertiser publicaran extravagantes historias dominicales sobre la precocidad del joven Wilbur: la magia negra del viejo Whateley, las estanterías de libros extraños, el segundo piso sellado de la antigua granja y la rareza de toda la región y sus ruidos en las colinas. Wilbur tenía entonces cuatro años y medio y parecía un muchacho de quince. Tenía el labio y la mejilla cubiertos de un vello oscuro y áspero y su voz había empezado a quebrarse. Earl Sawyer fue a la casa de los Whateley con los dos grupos de periodistas y camarógrafos y les llamó la atención sobre el extraño hedor que ahora parecía filtrarse desde los espacios superiores sellados. Era, dijo, exactamente como un olor que había encontrado en el cobertizo de herramientas abandonado cuando la casa fue finalmente reparada y como los débiles olores que a veces creía percibir cerca de los círculos de piedra en las montañas. Los habitantes de Dunwich leían las historias cuando aparecían y sonreían por los errores evidentes. También se preguntaban por qué los cronistas hacían tanto hincapié en el hecho de que el viejo Whateley siempre pagaba por su ganado con piezas de oro de fecha muy antigua. Los Whateley habían recibido a sus visitantes con mal disimulado desagrado, aunque no se atrevieron a dar más publicidad oponiendo una violenta resistencia o negándose a hablar.

4

For a decade the annals of the Whateleys sink indistinguishably into the general life of a morbid community used to their queer ways and hardened to their May Eve and All-Hallow orgies. Twice a year they would light fires on the top of Sentinel Hill, at which times the mountain rumblings would recur with greater and greater violence; while at all seasons there were strange and portentous doings at the lonely farmhouse. In the course of time callers professed to hear sounds in the sealed upper story even when all the family were downstairs, and they wondered how swiftly or how lingeringly a cow or bullock was usually sacrificed. There was talk of a complaint to the Society for the Prevention of Cruelty to Animals; but nothing ever came of it, since Dunwich folk are never anxious to call the outside world's attention to themselves.

About 1923, when Wilbur was a boy of ten whose mind, voice, stature, and bearded face gave all the impressions of maturity, a second great siege of carpentry went on at the old house. It was all inside the sealed upper part, and from bits of discarded lumber people concluded that the youth and his grandfather had knocked out all the partitions and even removed the attic floor, leaving only one vast open void between the ground story and the peaked roof. They had torn down the great central chimney, too, and fitted the rusty range with a flimsy outside tin stovepipe.

In the spring after this event Old Whateley noticed the growing number of whippoorwills that would come out of Cold Spring Glen to chirp under his window at night. He seemed to regard the circumstance as one of great significance, and told the loungers at Osborn's that he thought his time had almost come.

"They whistle jest in tune with my breathin' naow," he said, "an' I guess they're gittin' ready to ketch my soul. They know it's a-goin' aout, an' dun't calc'late to miss it. Yew'll know, boys, arter I'm gone, whether they git me er not. Ef they dew, they'll keep up a-singin' an' laffin' till break o' day. Ef they dun't, they'll kinder quiet daown like. I expeck them an' the souls they hunts fer hev some pretty tough tussles sometimes."

4

Durante una década, los anales de los Whateley se hundieron indistintamente en la vida general de una comunidad morbosa habituada a sus extrañas costumbres y endurecida en cuanto a sus orgías de la víspera de mayo y de Todos los Santos. Dos veces al año encendían hogueras en la cima de la colina Sentinel, momento en el que los estruendos de la montaña se repetían cada vez con mayor violencia, mientras que en todo momento se producían extraños y portentosos sucesos en la solitaria granja. Con el tiempo, los visitantes afirmaron oír ruidos en el piso superior sellado, incluso cuando toda la familia estaba abajo y se preguntaban con qué rapidez o con qué lentitud solían sacrificar una vaca o un buey. Se habló de presentar una queja a la Sociedad para la Prevención de la Crueldad contra los Animales pero nunca se llegó a nada, ya que la gente de Dunwich nunca está dispuesta a llamar la atención del mundo exterior.

Hacia 1923, cuando Wilbur era un muchacho de diez años cuya mente, voz, estatura y rostro barbudo daban toda la impresión de madurez, se produjo un segundo gran alboroto causado por la carpintería en la vieja casa. Todo ocurrió en el interior de la parte superior sellada y por los trozos de madera desechados la gente llegó a la conclusión de que el joven y su abuelo habían derribado todos los tabiques e incluso habían eliminado el suelo del desván, dejando sólo un vasto vacío abierto entre la planta baja y el tejado a dos aguas. También habían derribado la gran chimenea central y habían instalado en la oxidada cocina un endeble tubo exterior de hojalata.

En la primavera siguiente a este suceso, el viejo Whateley se percató del creciente número de chotacabras que salían de Cold Spring Glen para piar bajo su ventana por la noche. Parecía considerar la circunstancia como algo de gran importancia y dijo a los holgazanes de la casa de ramos generales de Osborn que creía que casi había llegado su hora.

«Ahora silban al compás de mi respiración», dijo, «y supongo que se están preparando para atrapar mi alma. Saben que está a punto de salir y no quieren perdérsela. Lo sabrán, muchachos, después de que me haya ido, si me atrapan o no. Si lo hacen, seguirán cantando y alabando hasta el amanecer. Si no, se callarán como si nada. Espero que ellos y las almas que cazan tengan a veces peleas bastante duras».

On Lammas Night, 1924, Dr. Houghton of Aylesbury was hastily summoned by Wilbur Whateley, who had lashed his one remaining horse through the darkness and telephoned from Osborn's in the village. He found Old Whateley in a very grave state, with a cardiac action and stertorous breathing that told of an end not far off. The shapeless albino daughter and oddly bearded grandson stood by the bedside, whilst from the vacant abyss overhead there came a disquieting suggestion of rhythmical surging or lapping, as of the waves on some level beach. The doctor, though, was chiefly disturbed by the chattering night birds outside; a seemingly limitless legion of whippoorwills that cried their endless message in repetitions timed diabolically to the wheezing gasps of the dying man. It was uncanny and unnatural—too much, thought Dr. Houghton, like the whole of the region he had entered so reluctantly in response to the urgent call.

Toward 1 o'clock Old Whateley gained consciousness, and interrupted his wheezing to choke out a few words to his grandson.

"More space, Willy, more, space soon. Yew grows—an' that grows faster. It'll be ready to sarve ye soon, boy. Open up the gates to Yog-Sothoth with the long chant that ye'll find on page 751 of the complete edition, an' then put a match to the prison. Fire from airth can't burn it nohaow!"

He was obviously quite mad. After a pause, during which the flock of whippoorwills outside adjusted their cries to the altered tempo while some indications of the strange hill noises came from afar off, he added another sentence or two.

"Feed it reg'lar, Willy, an' mind the quantity; but dun't let it grow too fast fer the place, fer ef it busts quarters or gits aout afore ye opens to Yog-Sothoth, it's all over an' no use. Only them from beyont kin make it multiply an' work. . . . Only them, the old uns as wants to come back. . . ."

But speech gave place to gasps again, and Lavinia screamed at the way the whippoorwills followed the change. It was the same for more than an hour, when the final throaty rattle came. Dr. Houghton drew shrunken lids over the glazing gray eyes as the tumult of birds faded

En la noche de Lammas de 1924, el Dr. Houghton de Aylesbury fue llamado a toda prisa por Wilbur Whateley, que había azotado en la oscuridad al único caballo que le quedaba y telefoneó desde la tienda de Osborn, en el pueblo. Encontró al viejo Whateley en un estado muy grave, con un ritmo cardíaco y una respiración estertorosa que anunciaban un final no muy lejano. La amorfa hija albina y el nieto de extraña barba permanecían de pie junto a la cama, mientras desde el vacío abismo de encima llegaba una inquietante sugerencia de rítmico oleaje o chapoteo, como el de las olas en alguna playa llana. Al doctor, sin embargo, le molestaba sobre todo el parloteo de los pájaros nocturnos del exterior: una legión aparentemente ilimitada de chotacabras que gritaban su interminable mensaje en repeticiones sincronizadas diabólicamente con los jadeos del moribundo. Era extraño y antinatural... demasiado, pensó el Dr. Houghton, como toda la región en la que había entrado tan a regañadientes en respuesta a la urgente llamada.

Hacia la una, el viejo Whateley recobró el conocimiento e interrumpió sus jadeos para decir unas palabras a su nieto.

«Más espacio, Willy, más, espacio pronto. Yew crece... y crece más rápido. Pronto estará listo para salvarte, muchacho. Abre las puertas a Yog-Sothoth con el largo canto que encontrarás en la página 751 de la edición completa, y luego pon una cerilla en el encierro. El fuego del aire no puede quemarla ahora».

Era evidente que estaba bastante loco. Tras una pausa, durante la cual la bandada de chotacabras de fuera ajustó sus gritos al tempo alterado mientras llegaban desde lejos algunos indicios de los extraños ruidos de la colina, añadió una o dos frases más.

«Aliméntalo con regularidad, Willy, y cuida la cantidad, pero no dejes que crezca demasiado rápido para el lugar, porque si se rompe en cuartos o se sale antes de que abras a Yog-Sothoth, todo habrá terminado y no servirá de nada. Sólo los de más allá pueden hacer que se multiplique y funcione... Sólo ellos, los viejos que quieren volver...».

Pero el habla volvió a dar paso a los jadeos y Lavinia gritó al ver cómo los chotacabras seguían el cambio. Así estuvo durante más de una hora, cuando llegó el último traqueteo gutural. El Dr. Houghton cerró los párpados encogidos sobre los vidriosos ojos grises mientras el tumulto de

imperceptibly to silence. Lavinia sobbed, but Wilbur only chuckled whilst the hill noises rumbled faintly.

"They didn't git him," he muttered in his heavy bass voice.

Wilbur was by this time a scholar of really tremendous erudition in his one-sided way, and was quietly known by correspondence to many librarians in distant places where rare and forbidden books of old days are kept. He was more and more hated and dreaded around Dunwich because of certain youthful disappearances which suspicion laid vaguely at his door; but was always able to silence inquiry through fear or through use of that fund of old-time gold which still, as in his grandfather's time, went forth regularly and increasingly for cattle-buying. He was now tremendously mature of aspect, and his height, having reached the normal adult limit, seemed inclined to wax beyond that figure. In 1925, when a scholarly correspondent from Miskatonie University called upon him one day and departed pale and puzzled, he was fully six and three-quarters feet tall.

Through all the years Wilbur had treated his half-deformed albino mother with a growing contempt, finally forbidding her to go to the hills with him on May Eve and Hallowmass; and in 1926 the poor creature complained to Mamie Bishop of being afraid of him.

"They's more abaout him as I knows than I kin tell ye, Mamie," she said, "an' naowadays they's more nor what I know myself. I vaow afur Gawd, I dun't know what he wants nor what he's a-tryin' to dew."

That Hallowe'en the hill noises sounded louder than ever, and fire burned on Sentinel Hill as usual, but people paid more attention to the rhythmical screaming of vast flocks of unnaturally belated whip-poorwills which seemed to be assembled near the unlighted What-eley farmhouse. After midnight their shrill notes burst into a kind of pandemoniac cachinnation which filled all the countryside, and not until dawn did they finally quiet down. Then they vanished, hurrying southward where they were fully a month overdue. What this meant, no one could quite be certain till later. None of the countryfolk

pájaros se desvanecía imperceptiblemente en el silencio. Lavinia sollozaba, pero Wilbur sólo se reía entre dientes mientras los ruidos de la colina retumbaban débilmente.

«No lo atraparon», murmuró con su pesada voz de bajo.

Wilbur era por entonces un estudioso de una erudición realmente formidable a su manera parcial y era conocido discretamente por su correspondencia con muchos bibliotecarios de lugares lejanos donde se guardan libros raros y prohibidos de antaño. Cada vez era más odiado y temido en los alrededores de Dunwich a causa de ciertas desapariciones de jóvenes que las sospechas situaban vagamente a su puerta pero siempre era capaz de acallar las indagaciones mediante el miedo o el uso de ese fondo de oro de antaño que todavía, como en tiempos de su abuelo, se empleaba de forma regular y creciente en la compra de ganado. Su aspecto era ahora tremendamente maduro y su estatura, una vez alcanzado el límite normal de un adulto, parecía inclinada a sobrepasar esa cifra. En 1925, cuando un erudito corresponsal de la Universidad de Miskatonie le visitó un día y se marchó pálido y perplejo, medía seis pies y tres cuartos.

A lo largo de todos los años Wilbur había tratado a su madre albina medio deforme con un desprecio cada vez mayor, prohibiéndole finalmente que fuera a las colinas con él en la víspera de mayo y en El Día de Todos los Santos y en 1926 la pobre criatura se quejó a Mamie Bishop de tenerle miedo.

«Hay más sobre él de lo que yo sé, Mamie», dijo, «y ahora es más de lo que yo misma sé. Le juro a Dios que no sé lo que quiere ni lo que está tratando de hacer».

Aquella Noche de Brujas los ruidos de las colinas sonaron más fuerte que nunca y el fuego ardió en la colina Sentinel como de costumbre, pero la gente prestó más atención a los gritos rítmicos de vastas bandadas de chotacabras anormalmente tardíos que parecían reunirse cerca de la granja Whateley, que no estaba iluminada. Pasada la medianoche, sus estridentes notas estallaron en una especie de cacareo pandemoniaco que llenó toda la campiña y no se calmaron, por fin, hasta el amanecer. Luego desaparecieron, dirigiéndose a toda prisa hacia el sur, donde llevaban un mes de retraso. Nadie pudo saber con certeza lo que esto

seemed to have died—but poor Lavinia Whateley, the twisted albino, was never seen again.

In the summer of 1927 Wilbur repaired two sheds in the farmyard and began moving his books and effects out to them. Soon afterward Earl Sawyer told the loungers at Osborn's that more carpentry was going on in the Whateley farmhouse. Wilbur was closing all the doors and windows on the ground floor, and seemed to be taking out partitions as he and his grandfather had done upstairs four years before. He was living in one of the sheds, and Sawyer thought he seemed unusually worried and tremulous. People generally suspected him of knowing something about his mother's disappearance, and very few ever approached his neighborhood now. His height had increased to more than seven feet, and showed no signs of ceasing its development.

significaba hasta más tarde. Ninguno de los campesinos parecía haber muerto, pero a la pobre Lavinia Whateley, la albina retorcida, nunca se la volvió a ver.

En el verano de 1927 Wilbur reparó dos cobertizos en el corral y empezó a trasladar a ellos sus libros y efectos personales. Poco después, Earl Sawyer contó a los holgazanes de la taberna de Osborn que se estaban llevando a cabo más trabajos de carpintería en la granja de los Whateley. Wilbur estaba cerrando todas las puertas y ventanas de la planta baja y parecía estar sacando tabiques como él y su abuelo habían hecho en el piso de arriba cuatro años antes. Vivía en uno de los cobertizos y Sawyer pensó que parecía inusualmente preocupado y tembloroso. Por lo general, la gente sospechaba que sabía algo de la desaparición de su madre y ahora muy pocos se acercaban a su vecindario. Su estatura había aumentado a más de siete pies y su desarrollo no mostraba signos de detenerse.

The following winter brought an event no less strange than Wilbur's first trip outside the Dunwich region. Correspondence with the Widener Library at Harvard, the Bibliotheque Nationale in Paris, the British Museum, the University of Buenos Aires, and the Library of Miskatonic University at Arkham had failed to get him the loan of a book he desperately wanted; so at length he set out in person, shabby, dirty, bearded, and uncouth of dialect, to consult the copy at Miskatonic, which was the nearest to him geographically. Almost eight feet tall, and carrying a cheap new valise from Osborn's general store, this dark and goatish gargoyle appeared one day in Arkham in quest of the dreaded volume kept lender lock and key at the college library—the hideous Necronomicon of the mad Arab Alhazred in Dlaus Wormius' Latin version, as printed in Spain in the Seventeenth Century. He had never seen a city before, but had no thought save to find his way to the university grounds; where, indeed, he passed heedlessly by the great white-fanged watchdog that barked with unnatural fury and enmity, and tugged frantically at its stout chain.

Wilbur had with him the priceless but imperfect copy of Dr. Dee's English version which his grandfather had bequeathed him, and upon receiving access to the Latin copy he at once began to collate the two texts with the aim of discovering a certain passage which would have come on the 751st page of his own defective volume. This much he could not civilly refrain from telling the librarian—the same erudite Henry Armitage (A. M. Miskatonic, Ph. D. Princeton, Litt. D. Johns Hopkins) who had once called at the farm, and who now politely plied him with questions. He was looking, he had to admit, for a kind of formula or incantation containing the frightful name Yog-Sothoth, and it puzzled him to find discrepancies, duplications, and ambiguities which made the matter of determination far from easy. As he copied the formula he finally chose. Dr. Armitage looked involuntarily over his shoulder at the open pages; the left-hand one of which, in the Latin version, contained such monstrous threats to the peace and sanity of the world.

Nor is it to be thought [ran the text as Armitage mentally trans-

El invierno siguiente trajo consigo un acontecimiento extraño: nada menos que el primer viaje de Wilbur fuera de la región de Dunwich. La correspondencia mantenida con la Biblioteca Widener de Harvard, la Bibliotheque Nationale de París, el Museo Británico, la Universidad de Buenos Aires y la Biblioteca de la Universidad de Miskatonic, en Arkham, no había conseguido que le prestaran un libro que deseaba desesperadamente; así que al final se dirigió en persona, harapiento, sucio, barbudo y con un dialecto tosco, a consultar el ejemplar en Miskatonic, que era el más cercano geográficamente. Con casi ocho pies de altura y portando una valija nueva y barata de la tienda de ramos generales de Osborn, esta gárgola oscura y caprina apareció un día en Arkham en busca del temido volumen guardado bajo llave en la biblioteca del colegio: el espantoso *Necronomicón* del árabe loco Alhazred en la versión latina de Dlaus Wormius, tal como se imprimió en España en el siglo XVII. Nunca había visto una ciudad, pero no pensó más que en encontrar el camino a los terrenos de la universidad; donde, de hecho, pasó sin cuidado junto al gran perro guardián de colmillos blancos que ladraba con furia y enemistad antinaturales y tiraba frenéticamente de su robusta cadena.

Wilbur llevaba consigo la inestimable pero imperfecta copia de la versión inglesa del Dr. Dee que le había legado su abuelo y, al tener acceso a la copia latina, comenzó de inmediato a cotejar los dos textos con el objetivo de descubrir cierto pasaje que figuraría en la página 751 de su propio volumen defectuoso. No pudo abstenerse civilizadamente de decírselo al bibliotecario, el mismísimo erudito Henry Armitage (A. M. Miskatonic, Ph. D. Princeton, Litt. D. Johns Hopkins) que una vez había pasado por la granja y que ahora le acosaba cortésmente a preguntas. Estaba buscando, tenía que admitirlo, una especie de fórmula o encantamiento que contenía el espantoso nombre Yog-Sothoth y le desconcertaba encontrar discrepancias, duplicaciones y ambigüedades que hacían que la cuestión de la determinación no fuera nada fácil. Mientras copiaba la fórmula que finalmente eligió, el Dr. Armitage miró involuntariamente por encima del hombro las páginas abiertas, la de la izquierda de las cuales, en la versión latina, contenía amenazas tan monstruosas para la paz y la cordura del mundo.

Tampoco debe pensarse [corría el texto tal como Armitage lo tradujo

lated it] that man is either the oldest or the last of earth's masters, or that the common bulk of life and substance walks alone. The Old Ones were, the Old Ones are, and the Old Ones shall be. Not in the spaces we know, but between them. They walk serene and primal, undimensioned and to us unseen. Yog-Sothoth knows the gate. Yog-Sothoth is the gate. Yog-Sothoth is the key and guardian of the gate. Past, present, future, all are one in Yog-Sothoth. He knows where the Old Ones broke through of old, and where They shall break through again. He knows where They have trod earth's fields, and where They still tread them, and why no one can behold Them as They tread. By Their smell can men sometimes know Them near, but of Their semblance can no man know, saving only in the features of those They have begotten on mankind; and of those are there many sorts, differing in likeness from man's truest eidolon to that shape without sight or substance which is They. They walk unseen and foul in lonely places where the Words have been spoken and the Kites howled through at their Seasons. The wind gibbers with Their voices, and the earth mutters with Their consciousness. They bend the forest and crush the city, yet may not forest or city behold the hand that smites. Kadath in the cold waste hath known Them, and what man knows Kadath? The ice desert of the South and the sunken isles of Ocean hold stones whereon Their seal is engraven, but who hath seen the deep frozen city or the sealed tower long garlanded with seaweed and barnacles? Great Cthulhu is Their cousin, yet can he spy Them only dimly. Iä Shub-Niggurath! As a foulness shall ye know Them. Their hand is at your throats, yet ye see Them not; and Their habitation is even one with your guarded threshold. Yog-Sothoth is the key to the gate, whereby the spheres meet. Man rules now where They ruled once; They shall soon rule where man rules now. After summer is winter, and after winter summer. They wait patient and potent, for here shall They reign again.

Dr. Armitage, associating what he was reading with what he had heard of Dunwich and its brooding presences, and of Wilbur Whateley and his dim, hideous aura that stretched from a dubious birth to a cloud of probable matricide, felt a wave of fright as tangible as a draft of the tomb's cold clamminess. The bent, goatish giant before him seemed like the spawn of another planet or dimension; like some-

mentalmente] que el hombre es el más antiguo o el último de los amos de la tierra, o que el grueso común de la vida y la sustancia camina solo. Los Antiguos fueron, los Antiguos son y los Antiguos serán. No en los espacios que conocemos, sino entre ellos. Caminan serenos y primigenios, sin dimensiones y para nosotros invisibles. Yog-Sothoth conoce la puerta. Yog-Sothoth es la puerta. Yog-Sothoth es la llave y el guardián de la puerta. Pasado, presente, futuro, todo es uno en Yog-Sothoth. Él sabe por dónde se abrieron paso los Antiguos de antaño y por dónde se abrirán paso de nuevo. Él sabe dónde Ellos han hollado los campos de la tierra y dónde Ellos los hollan todavía, y por qué nadie puede contemplarlos a Ellos mientras hollan. Por el olor de Ellos los hombres pueden a veces conocerlos a Ellos de cerca, pero de la semblanza de Ellos nadie puede saber, salvo sólo en los rasgos de los que Ellos han engendrado en la humanidad y de éstos hay muchas clases, que difieren en semejanza desde el eidolón más verdadero del hombre hasta esa forma sin vista ni sustancia que son Ellos. Ellos caminan sin ser vistos y ensucian los lugares solitarios donde se han pronunciado las Palabras y los Cometas han aullado en sus Estaciones. El viento farfulla con Sus voces y la tierra murmura con Su conciencia. Ellos doblegan el bosque y aplastan la ciudad, pero ni el bosque ni la ciudad pueden contemplar la mano que hiere. Kadath, en el frío desierto, los ha conocido ¿y qué hombre conoce a Kadath? El desierto helado del Sur y las islas hundidas del Océano guardan piedras en las que está grabado Su sello pero ¿quién ha visto la ciudad profundamente helada o la torre sellada largamente guarnecida de algas y percebes? El Gran Cthulhu es Su primo, pero sólo puede espiarlos a Ellos tenuemente. ¡Iä Shub-Niggurath! Como una inmundicia los reconocerán a Ellos. Su mano está en sus gargantas, sin embargo ustedes no los ven a Ellos y Su morada es incluso una con su umbral vigilado. Yog-Sothoth es la llave de la puerta por la que se encuentran las esferas. El hombre gobierna ahora donde Ellos gobernaron una vez, Ellos gobernarán pronto donde el hombre gobierna ahora. Después del verano está el invierno y después del invierno el verano. Ellos esperan pacientes y potentes, pues aquí Ellos reinarán de nuevo.

El Dr. Armitage, asociando lo que estaba leyendo con lo que había oído hablar de Dunwich y sus melancólicas presencias y de Wilbur Whateley y su aura tenue y horrenda que se extendía desde un dudoso nacimiento hasta una nube de probable matricidio, sintió una oleada de espanto tan tangible como una corriente de aire de la fría humedad de la tumba. El gigante encorvado y caprino que tenía ante sí parecía el engendro

thing only partly of mankind, and linked to black gulfs of essence and entity that stretch like titan fantasms beyond all spheres of force and matter, space and time.

Presently Wilbur raised his head and began speaking in that strange, resonant fashion which hinted at sound-producing organs unlike the run of mankind's.

"Mr. Armitage," he said, "I calc'late I've got to take that book home. They's things in it I've got to try under sarten conditions that I can't git here, an' it 'ud be a mortal sin to let a red-tape rule hold me up. Let me take it along, sir, an' I'll swar they wun't nobody know the difference. I dun't need to tell ye I'll take good keer of it. It wa'n't me that put this Dee copy in the shape it is. . . ."

He stopped as he saw firm denial on the librarian's face, and his own goatish features grew crafty. Armitage, half ready to tell him he might make a copy of what parts he needed, thought suddenly of the possible consequences and checked himself. There was too much responsibility in giving such a being the key to such blasphemous outer spheres. Whateley saw how things stood, and tried to answer lightly.

"Wal, all right, ef ye feel that way abaout it. Maybe Harvard wun't be so fussy as yew be." And without saying more he rose and strode out of the building, stooping at each doorway.

Armitage heard the savage yelping of the great watchdog, and studied Whateley's gorilla-like lope as he crossed the bit of campus visible from the window. He thought of the wild tales he had heard, and recalled the old Sunday stories in the Advertiser; these things, and the lore he had picked up from Dunwich rustics and villagers during his one visit there. Unseen things not of earth—or at least not of tri-dimensional earth—rushed fetid and horrible through New England's glens, and brooded obscenely on the mountain tops. Of this he had long felt certain. Now he seemed to sense the close presence of some terrible part of the intruding horror, and to glimpse a hellish advance in the black dominion of the ancient and once passive nightmare. He locked away the Necronomicon with a shudder of

de otro planeta o dimensión, como algo sólo en parte de la humanidad y vinculado a negros abismos de esencia y entidad que se extienden como fantasmas titánicos más allá de todas las esferas de la fuerza y la materia, el espacio y el tiempo.

En ese momento, Wilbur levantó la cabeza y empezó a hablar de esa forma extraña y resonante que hacía pensar en órganos productores de sonido distintos a los de toda la humanidad.

«Mr. Armitage», dijo, «calculo que tengo que llevarme ese libro a casa. Hay cosas en él que tengo que probar en condiciones estrictas que no puedo conseguir aquí y sería un pecado mortal dejar que una norma burocrática me lo impidiera. Déjeme llevarlo, señor, y juraré que nadie notará la diferencia. No necesito decirle que lo cuidaré bien. No fui yo quien puso esta copia de Dee en la forma en que se encuentra...».

Se detuvo al ver una firme negación en el rostro del bibliotecario y sus propios rasgos caprinos se tornaron astutos. Armitage, a punto de decirle que podía hacer una copia de las partes que necesitara, pensó de repente en las posibles consecuencias y se controló. Había demasiada responsabilidad en darle a un ser así la llave de unas esferas exteriores tan blasfemas. Whateley vio cómo estaban las cosas e intentó responder con ligereza.

«Vaya, está bien, si usted se siente así al respecto. Quizá Harvard no sea tan quisquilloso como usted». Y sin decir más se levantó y salió del edificio, agachándose en cada puerta.

Armitage oyó el aullido salvaje del gran perro guardián y estudió el galope de gorila de Whateley mientras cruzaba el trozo de campus visible desde la ventana. Pensó en los cuentos salvajes que había oído y recordó las viejas historias de los domingos en el *Advertiser*; estas cosas, y la sabiduría popular que había recogido de los rústicos y aldeanos de Dunwich durante su única visita allí. Cosas invisibles que no eran de la tierra —o al menos no de la tierra tridimensional— corrían fétidas y horribles por los valles de Nueva Inglaterra y rumiaban obscenamente en las cimas de las montañas. De esto estaba seguro desde hacía mucho tiempo. Ahora le parecía sentir la presencia cercana de alguna parte terrible del horror intruso y vislumbrar un avance infernal en el negro dominio de la antigua y antaño pasiva pesadilla. Guardó el *Necronomicón*

disgust, but the room still reeked with an unholy and unidentifiable stench. "As a foulness shall ye know them," he quoted. Yes—the odor was the same as that which had sickened him at the Whateley farmhouse less than three years before. He thought of Wilbur, goatish and ominous, once again, and laughed mockingly at the village rumors of his parentage.

"Inbreeding?" Armitage muttered half aloud to himself. "Great God, what simpletons! Show them Arthur Machen's Great God Pan and they'll think it a common Dunwich scandal! But what thing—what cursed shapeless influence on or off this three-dimensioned earth—was Wilbur Whateley's father? Born on Candlemas—nine months after May Eve of 1912, when the talk about the queer earth noises reached clear to Arkham—what walked on the mountains that May Night? What Roodmas horror fastened itself on the world in half-human flesh and blood?"

During the ensuing weeks Dr. Armitage set about to collect all possible data on Wilbur Whateley and the formless presences around Dunwich. He got in communication with Dr. Houghton of Aylesbury, who had attended Old Whateley in his last illness, and found much to ponder over in the grandfather's last words as quoted by the physician. A visit to Dunwich Village failed to bring out much that was new; but a close survey of the Necronomicon, in those parts which Wilbur had sought so avidly, seemed to supply new and terrible clues to the nature, methods, and desires of the strange evil so vaguely threatening this planet. Talks with several students of archaic lore in Boston, and letters to many others elsewhere, gave him a growing amazement which passed slowly through varied degrees of alarm to a state of really acute spiritual fear. As the summer drew on he felt dimly that something ought to be done about the lurking terrors of the upper Miskatonic valley, and about the monstrous being known to the human world as Wilbur Whateley.

con un estremecimiento de disgusto, pero la habitación seguía apestando con un hedor impío e inidentificable. «Como una inmundicia los reconocerán a Ellos», citó. Sí, el olor era el mismo que le había asqueado en la granja de los Whateley hacía menos de tres años. Pensó en Wilbur, caprino y ominoso, una vez más, y se rió burlonamente de los rumores del pueblo sobre su filiación.

«¿Endogamia?», murmuró Armitage medio en voz alta para sí mismo. «¡Dios santo, qué simplones! ¡Enséñeles el Gran Dios Pan de Arthur Machen y pensarán que es un vulgar escándalo de Dunwich! Pero ¿qué cosa —qué maldita influencia informe dentro o fuera de esta tierra tridimensional— era el padre de Wilbur Whateley? Nacido en la Candelaria —nueve meses después de la víspera de mayo de 1912, cuando las habladurías sobre los extraños ruidos de la tierra llegaron hasta Arkham—, ¿qué caminó por las montañas aquella noche de mayo? ¿Qué horror de Roodmas se abrazó al mundo en carne y sangre a mitad humanas?».

Durante las semanas siguientes, el Dr. Armitage se dedicó a recopilar todos los datos posibles sobre Wilbur Whateley y las presencias sin forma de los alrededores de Dunwich. Se puso en comunicación con el Dr. Houghton de Aylesbury, que había atendido al viejo Whateley en su última enfermedad, y encontró mucho sobre lo que reflexionar en las últimas palabras del abuelo citadas por el médico. Una visita a la aldea de Dunwich no consiguió sacar a la luz muchas cosas nuevas pero un estudio detenido del *Necronomicón*, en aquellas partes que Wilbur había buscado con tanta avidez, parecía proporcionar nuevas y terribles pistas sobre la naturaleza, los métodos y los deseos del extraño mal que tan vagamente amenazaba a este planeta. Las conversaciones con varios estudiosos de la sabiduría arcaica en Boston y las cartas a muchos otros en otros lugares le produjeron un asombro creciente que pasó lentamente por diversos grados de alarma hasta llegar a un estado de temor espiritual realmente agudo. A medida que avanzaba el verano sintió vagamente que había que hacer algo respecto a los terrores que acechaban en el valle superior del Miskatonic y respecto al monstruoso ser conocido por el mundo humano como Wilbur Whateley.

The Dunwich horror itself came between Lammas and the equinox in 1928, and Dr. Armitage was among those who witnessed its monstrous prologue. He had heard, meanwhile, of Whateley's grotesque trip to Cambridge, and of his frantic efforts to borrow or copy from the Necronomicon at the Widener Library. Those efforts had been in vain, since Armitage had issued warnings of the keenest intensity to all librarians having charge of the dreaded volume. Wilbur had been shockingly nervous at Cambridge; anxious for the book, yet almost equally anxious to get home again, as if he feared the results of being away long.

Early in August the half-expected outcome developed, and in the small hours of the third Dr. Armitage was awakened suddenly by the wild, fierce cries of the savage watchdog on the college campus. Deep and terrible, the snarling, half-mad growls and barks continued; always in mounting volume, but with hideously significant pauses. Then there rang out a scream from a wholly different throat—such a scream as roused half the sleepers of Arkham and haunted their dreams ever afterward—such a scream as could come from no being born of earth, or wholly of earth.

Armitage hastened into some clothing and rushed across the street and lawn to the college buildings, saw that others were ahead of him; and heard the echoes of a burglar-alarm still shrilling from the library. An open window showed black and gaping in the moonlight. What had come had indeed completed its entrance; for the barking and the screaming, now fast fading into a mixed low growling and moaning, proceeded unmistakably from within. Some instinct warned Armitage that what was taking place was not a thing for unfortified eyes to see, so he brushed back the crowd with authority as he unlocked the vestibule door. Among the others he saw Professor Warren Rice and Dr. Francis Morgan, men to whom he had told some of his conjectures and misgivings; and these two he motioned to accompany him inside. The inward sounds, except for a watchful, droning whine from the dog, had by this time quite subsided; but Armitage now perceived with a sudden start that a loud chorus of

El horror de Dunwich propiamente dicho se produjo entre Lammas y el equinoccio de 1928 y el Dr. Armitage fue uno de los que presenciaron su monstruoso prólogo. Había oído hablar, mientras tanto, del grotesco viaje de Whateley a Cambridge y de sus frenéticos esfuerzos por tomar prestado o copiar del *Necronomicón* en la Biblioteca Widener. Esos esfuerzos habían sido en vano, ya que Armitage había lanzado advertencias de la más aguda intensidad a todos los bibliotecarios que tenían a su cargo el temido volumen. Wilbur había estado escandalosamente nervioso en Cambridge, ansioso por el libro, pero casi igualmente ansioso por volver a casa, como si temiera los resultados de estar mucho tiempo fuera.

A principios de agosto se produjo el desenlace casi esperado y en la madrugada del día 3 el Dr. Armitage fue despertado de repente por los gritos salvajes y feroces del salvaje perro guardián del campus universitario. Profundos y terribles, los gruñidos y ladridos, medio enloquecidos, continuaron, siempre en volumen creciente, pero con pausas horriblemente significativas. Entonces sonó un grito procedente de una garganta totalmente diferente —un grito tal que despertó a la mitad de los durmientes de Arkham y atormentó sus sueños para siempre—, un grito tal que no podía proceder de ningún ser nacido de la tierra o enteramente de la tierra.

Armitage se apresuró a ponerse algo de ropa y cruzó corriendo la calle y el césped hasta los edificios de la universidad, vio que otros iban delante de él y oyó los ecos de una alarma antirrobo que seguía chirriando desde la biblioteca. Una ventana abierta se mostraba negra y boquiabierta a la luz de la luna. Lo que había llegado, en efecto, había completado su entrada porque los ladridos y los gritos, que ahora se desvanecían rápidamente en una mezcla de gruñidos y gemidos graves, procedían inequívocamente del interior. Algún instinto advirtió a Armitage de que lo que estaba ocurriendo no era algo para ser visto por ojos no fortalecidos, así que apartó a la multitud con autoridad mientras abría la puerta del vestíbulo. Entre los demás vio al Profesor Warren Rice y al Dr. Francis Morgan, hombres a los que había contado algunas de sus conjeturas y recelos, a estos dos les hizo señas para que le acompañaran al interior. Los sonidos del interior, a excepción de un vigilante y zumbón quejido del perro, habían cesado por completo en ese momento pero Armita-

whippoorwills among the shrubbery had commenced a damnably rhythmical piping, as if in unison with the last breath of a dying man.

The building was full of a frightful stench which Dr. Armitage knew too well, and the three men rushed across the hall to the small genealogical reading-room whence the low whining came. For a second nobody dared to turn on the light; then Armitage summoned up his courage and snapped the switch. One of the three—it is not certain which—shrieked aloud at what sprawled before them among disordered tables and overturned chairs. Professor Rice declares that he wholly lost consciousness for an instant, though he did not stumble or fall.

The thing that lay half-bent on its side in a fetid pool of greenish-yellow ichor and tarry stickiness was almost nine feet tall, and the dog had torn off all the clothing and some of the skin. It was not quite dead, but twitched silently and spasmodically while its chest heaved in monstrous unison with the mad piping of the expectant whippoorwills outside. Bits of shoe-leather and fragments of apparel were scattered about the room, and just inside the window an empty canvas sack lay where it had evidently been thrown. Near the central desk a revolver had fallen, a dented but undischarged cartridge later explaining why it had not been fired. The thing itself, however, crowded out all other images at the time. It would be trite and not wholly accurate to say that no human pen could describe it, but one may properly say that it could not be vividly visualized by anyone whose ideas of aspect and contour are too closely bound up with the common life-forms of this planet and of the three known dimensions. It was partly human, beyond a doubt, with very manlike hands and head, and the goatish, chinless face had the stamp of the Whateleys upon it. But the torso and lower parts of the body were teratologically fabulous, so that only generous clothing could ever have enabled it to walk on earth unchallenged or uneradicated.

Above the waist it was semi-anthropomorphic; though its chest, where the dog's rending paws still rested watchfully, had the leathery, reticulated hide of a crocodile or alligator. The back was piebald with yellow and black, and dimly suggested the squamous covering

ge percibió ahora, con un sobresalto repentino, que un fuerte coro de chotacabras entre los arbustos había comenzado un gorjeo condenadamente rítmico, como al unísono con el último aliento de un moribundo.

El edificio estaba lleno de un hedor espantoso que el Dr. Armitage conocía demasiado bien y los tres hombres cruzaron corriendo el vestíbulo hasta la pequeña sala de lectura genealógica de donde procedía el grave quejido. Durante un segundo nadie se atrevió a encender la luz, entonces Armitage se armó de valor y pulsó el interruptor. Uno de los tres —no se sabe con certeza cuál— chilló en voz alta ante lo que se extendía ante ellos entre mesas desordenadas y sillas volcadas. El Profesor Rice declara que perdió totalmente el conocimiento durante un instante, aunque no tropezó ni cayó.

La cosa que yacía medio doblada de lado en un fétido charco de icor amarillo verdoso y pegajosidad alquitranada medía casi nueve pies y el perro le había arrancado toda la ropa y parte de la piel. No estaba del todo muerto pero se retorcía silenciosa y espasmódicamente mientras su pecho se agitaba en monstruoso unísono con el loco canto de los expectantes chotacabras del exterior. Trozos de cuero de zapatos y fragmentos de ropa estaban esparcidos por la habitación y justo dentro de la ventana un saco de lona vacío yacía donde evidentemente había sido arrojado. Cerca del escritorio central había caído un revólver, un cartucho abollado pero no descargado explicaba más tarde por qué no había sido disparado. La cosa en sí, sin embargo, eclipsaba todas las demás imágenes en ese momento. Sería trillado y no del todo exacto decir que ninguna pluma humana podría describirlo pero se puede decir con propiedad que no podría ser visualizado vívidamente por nadie cuyas ideas de aspecto y contorno estén demasiado ligadas a las formas de vida comunes de este planeta y de las tres dimensiones conocidas. Era en parte humano, sin lugar a dudas, con manos y cabeza muy varoniles, y el rostro caprino y sin barbilla tenía el sello de los Whateley. Pero el torso y las partes inferiores del cuerpo eran teratológicamente fabulosos, de modo que sólo una vestimenta generosa podría haberle permitido caminar sobre la tierra sin ser desafiado ni erradicado.

Por encima de la cintura era semiantropomorfo aunque su pecho, donde las desgarradoras patas del perro aún descansaban vigilantes, tenía la piel correosa y reticulada de un cocodrilo o un caimán. La espalda era de color pálido con amarillo y negro y sugería tenuemente la

of certain snakes. Below the waist, though, it was the worst; for here all human resemblance left off and sheer fantasy began. The skin was thickly covered with coarse black fur, and from the abdomen a score of long greenish-gray tentacles with red sucking mouths protruded limply. Their arrangement was odd, and seemed to follow the symmetries of some cosmic geometry unknown to earth or the solar system. On each of the hips, deep set in a kind of pinkish, ciliated orbit, was what seemed to be a rudimentary eye; whilst in lieu of a tail there depended a kind of trunk or feeler with purple annular markings, and with many evidences of being an undeveloped mouth or throat. The limbs, save for their black fur, roughly resembled the hind legs of prehistoric earth's giant saurians; and terminated in ridgy-veined pads that were neither hooves nor claws. When the thing breathed, its tail and tentacles rhythmically changed color, as if from some circulatory cause normal to the non-human side of its ancestry. In the tentacles this was observable as a deepening of the greenish tinge, whilst in the tail it was manifest as a yellowish appearance which alternated with a sickly grayish-white in the spaces between the purple rings. Of genuine blood there was none; only the fetid greenish-yellow ichor which trickled along the painted floor beyond the radius of the stickiness, and left a curious discoloration behind it.

As the presence of the three men seemed to rouse the dying thing, it began to mumble without turning or raising its head. Dr. Armitage made no written record of its mouthings, but asserts confidently that nothing in English was uttered. At first the syllables defied all correlation with any speech of earth, but toward the last there came some disjointed fragments evidently taken from the Necronomicon, that monstrous blasphemy in quest of which the thing had perished. Those fragments, as Armitage recalls them, ran something like "N'gai, n'gha'ghaa, bugg-shoggog, y'hah; Yog-Sothoth, Yog-Sothoth . . ." They trailed off into nothingness as the whippoorwills shrieked in rhythmical crescendoes of unholy anticipation.

Then came a halt in the gasping, and the dog raised his head in a long, lugubrious howl. A change came over the yellow, goatish face of the prostrate thing, and the great black eyes fell in appallingly.

cubierta escamosa de ciertas serpientes. Por debajo de la cintura, sin embargo, estaba lo peor, porque aquí se acababa todo parecido humano y comenzaba la pura fantasía. La piel estaba densamente cubierta de un áspero pelaje negro y del abdomen sobresalían sin fuerza una veintena de largos tentáculos de color gris verdoso con rojas bocas succionadoras. Su disposición era extraña y parecía seguir las simetrías de alguna geometría cósmica desconocida para la Tierra o el sistema solar. En cada una de las caderas, profundamente engarzadas en una especie de órbita rosácea y ciliada, había lo que parecía ser un ojo rudimentario, mientras que en lugar de cola había una especie de trompa o palpador con marcas anulares de color púrpura y con muchas evidencias de ser una boca o garganta sin desarrollar. Las extremidades, salvo por su pelaje negro, se asemejaban aproximadamente a las patas traseras de los saurios gigantes de la Tierra prehistórica y terminaban en unas almohadillas estriadas que no eran ni pezuñas ni garras. Cuando la cosa respiraba, su cola y tentáculos cambiaban rítmicamente de color, como por alguna causa circulatoria normal en el lado no humano de su ascendencia. En los tentáculos esto era observable como una profundización del tinte verdoso mientras que en la cola se manifestaba como un aspecto amarillento que alternaba con un enfermizo blanco grisáceo en los espacios entre los anillos púrpura. De sangre auténtica no había nada, sólo el fétido icor amarillo verdoso que se escurría por el suelo pintado más allá del radio de la pegajosidad y que dejaba tras de sí una curiosa decoloración.

Cuando la presencia de los tres hombres pareció reanimar al moribundo, éste empezó a murmurar sin volverse ni levantar la cabeza. El Dr. Armitage no dejó constancia escrita de sus balbuceos pero afirma con seguridad que no pronunció nada en inglés. Al principio las sílabas desafiaban toda correlación con cualquier habla de la tierra pero hacia el final llegaron algunos fragmentos inconexos evidentemente tomados del *Necronomicón*, esa monstruosa blasfemia en busca de la cual la cosa había perecido. Esos fragmentos, tal y como los recuerda Armitage, decían algo así como «N'gai, n'gha'ghaa, bugg-shoggog, y'hah; Yog-Sothoth, Yog-Sothoth...». Se desvanecían en la nada mientras los chotacabras chillaban en rítmicos crescendos de impía anticipación.

Entonces se detuvo el jadeo y el perro levantó la cabeza en un aullido largo y lúgubre. Un cambio se produjo en el rostro amarillo y caprino de la cosa postrada y los grandes ojos negros se clavaron espantosamente.

Outside the window the shrilling of the whippoorwills had suddenly ceased, and above the murmurs of the gathering crowd there came the sound of a panic-struck whirring and fluttering. Against the moon vast clouds of feathery watchers rose and raced from sight, frantic at that which they had sought for prey.

All at once the dog started up abruptly, gave a frightened bark, and leaped nervously out the window by which it had entered. A cry rose from the crowd, and Dr. Armitage shouted to the men outside that no one must be admitted till the police or medical examiner came. He was thankful that the windows were just too high to permit of peering in, and drew the dark curtains carefully down over each one. By this time two policemen had arrived; and Dr. Morgan, meeting them in the vestibule, was urging them for their own sakes to postpone entrance to the stench-filled reading-room till the examiner came and the prostrate thing could be covered up.

Meanwhile frightful changes were taking place on the floor. One need not describe the kind and rate of shrinkage and disintegration that occurred before the eyes of Dr. Armitage and Professor Rice; but it is permissible to say that, aside from the external appearance of face and hands, the really human elements in Wilbur Whateley must have been very small. When the medical examiner came, there was only a sticky whitish mass on the painted boards, and the monstrous odor had nearly disappeared. Apparently Whateley had had no skull or bony skeleton; at least, in any true or stable sense. He had taken somewhat after his unknown father.

Fuera de la ventana, el chillido de los chotacabras había cesado de repente y, por encima de los murmullos de la multitud que se reunía, llegó el sonido de un zumbido y un aleteo de pánico. Contra la luna se alzaron vastas nubes de observadores emplumados que se perdieron de vista, frenéticos ante lo que habían buscado como presa.

De repente, el perro se sobresaltó bruscamente, lanzó un ladrido asustado y saltó nervioso por la ventana por la que había entrado. Un clamor se alzó entre la multitud y el Dr. Armitage gritó a los hombres de fuera que no se debía admitir a nadie hasta que llegara la policía o el médico forense. Agradeció que las ventanas fueran demasiado altas para permitir asomarse y corrió cuidadosamente las oscuras cortinas sobre cada una de ellas. Para entonces ya habían llegado dos policías y el Dr. Morgan, al reunirse con ellos en el vestíbulo, les instaba por su propio bien a que pospusieran la entrada a la apestosa sala de lectura hasta que llegara el forense y se pudiera tapar la cosa postrada.

Mientras tanto, en el suelo se producían cambios espantosos. No es necesario describir el tipo y el ritmo de encogimiento y desintegración que se produjo ante los ojos del Dr. Armitage y del Profesor Rice pero es lícito decir que, aparte de la apariencia externa de cara y manos, los elementos realmente humanos en Wilbur Whateley debían de ser muy pequeños. Cuando llegó el médico forense, sólo había una masa blanquecina y pegajosa sobre las tablas pintadas y el olor monstruoso casi había desaparecido. Al parecer, Whateley no había tenido cráneo ni esqueleto óseo, al menos, en ningún sentido verdadero o estable. Había heredado algo de su desconocido padre.

Yet all this was only the prologue of the actual Dunwich horror. Formalities were gone through by bewildered officials, abnormal details were duly kept from press and public, and men were sent to Dunwich and Aylesbury to look up property and notify any who might be heirs of the late Wilbur Whateley. They found the countryside in great agitation, both because of the growing rumblings beneath the domed hills, and because of the unwonted stench and the surging, lapping sounds which came increasingly from the great empty shell formed by Whateley's boarded-up farmhouse. Earl Sawyer, who tended the horse and cattle during Wilbur's absence, had developed a wofully acute ease of nerves. The officials devised excuses not to enter the noisome boarded place; and were glad to confine their survey of the deceased's living quarters, the newly mended sheds, to a single visit. They filed a ponderous report at the courthouse in Aylesbury, and litigations concerning heirship are said to be still in progress amongst the innumerable Whateleys, decayed and undecayed, of the upper Miskatonic valley.

An almost interminable manuscript in strange characters, written in a huge ledger and adjudged a sort of diary because of the spacing and the variations in ink and penmanship, presented a baffling puzzle to those who found it on the old bureau which served as its owner's desk. After a week of debate it was sent to Miskatonic University, together with the deceased's collection of strange books, for study and possible translation; but even the best linguists soon saw that it was not likely to be unriddled with ease. No trace of the ancient gold with which Wilbur and Old Whateley always paid their debts has yet been discovered.

It was in the dark of September ninth that the horror broke loose. The hill noises had been very pronounced during the evening, and dogs barked frantically all night. Early risers on the tenth noticed a peculiar stench in the air. About 7 o'clock Luther Brown, the hired boy at George Corey's, between Cold Spring Glen and the village, rushed frenziedly back from his morning trip to Ten-Acre Meadow with the cows. He was almost convulsed with fright as he stumbled

Sin embargo, todo esto fue sólo el prólogo del verdadero horror de Dunwich. Las formalidades fueron cumplidas por funcionarios desconcertados, los detalles anómalos fueron debidamente ocultados a la prensa y al público y se enviaron hombres a Dunwich y Aylesbury para buscar propiedades y notificar a cualquiera que pudiera ser heredero del difunto Wilbur Whateley. Encontraron la campiña muy agitada, tanto por los crecientes estruendos bajo las colinas abovedadas, como por el hedor inusitado y los sonidos de oleadas y chapoteos que procedían cada vez más del gran cascarón vacío que formaba la granja de Whateley, abandonada. Earl Sawyer, que cuidaba del caballo y del ganado durante la ausencia de Wilbur, había adquirido una agudeza de nervios digna de admiración. Los funcionarios idearon excusas para no entrar en el ruidoso lugar entablado y se alegraron de limitar su inspección de la vivienda del difunto, los cobertizos recién reparados, a una sola visita. Presentaron un voluminoso informe en el juzgado de Aylesbury y se dice que los litigios relativos a la herencia siguen en curso entre los innumerables Whateleys, decaídos y no decaídos, del alto valle del Miskatonic.

Un manuscrito casi interminable en extraños caracteres, escrito en un enorme libro de contabilidad y considerado una especie de diario por el espaciado y las variaciones de tinta y caligrafía, presentaba un desconcertante rompecabezas a quienes lo encontraron sobre el viejo buró que servía de escritorio a su propietario. Tras una semana de debate fue enviado a la Universidad de Miskatonic, junto con la colección de libros extraños del difunto, para su estudio y posible traducción pero incluso los mejores lingüistas vieron pronto que no era probable que se pudiera desentrañar con facilidad. Aún no se ha descubierto rastro alguno del oro antiguo con el que Wilbur y el viejo Whateley siempre pagaban sus deudas.

Fue en la oscuridad del 9 de septiembre cuando se desató el horror. Los ruidos de la colina habían sido muy pronunciados durante la tarde y los perros ladraron frenéticamente toda la noche. Los madrugadores del día 10 notaron un hedor peculiar en el aire. Hacia las siete, Luther Brown, el muchacho contratado en casa de George Corey, entre Cold Spring Glen y el pueblo, regresó corriendo frenéticamente de su excursión matinal a Ten-Acre Meadow con las vacas. Estaba casi convulsio-

into the kitchen; and in the yard outside the no less frightened herd were pawing and lowing pitifully, having followed the boy back in the panic they shared with him. Between gasps Luther tried to stammer out his tale to Mrs. Corey.

"Up thar in the rud beyont the glen, Mis' Corey—they's suthin' ben thar! It smells like thunder, an' all the bushes an' little trees is pushed back from the rud like they'd a haouse ben moved along of it. An' that ain't the w'ust, nuther. They's prints in the rud, Mis' Corey—great raound prints as big as barrel-heads, all sunk daown deep like a el-ephant had ben along, only they's a sight more nor four feet could make. I looked at one or two afore I run, an' I see every one was cov-ered with lines spreadin' aout from one place, like as if big palm-leaf fans—twict or three times as big as any they is—hed of ben paounded daown into the rud. An' the smell was awful, like what it is araound Wizard Whateley's ol' haouse. . . ."

Here he faltered, and seemed to shiver afresh with the fright that had sent him flying home. Mrs. Corey, unable to extract more information, began telephoning the neighbors; thus starting on its rounds the overture of panic that heralded the major terrors. When she got Sally Sawyer, housekeeper at Seth Bishop's, the nearest place to Whateley's, it became her turn to listen instead of transmit; for Sally's boy Chauncey, who slept poorly, had been up on the hill to-ward Whateley's, and had dashed back in terror after one look at the place, and at the pasturage where Mr. Bishop's cows had been left out all night.

"Yes, Mis' Corey," came Sally's tremulous voice over the party wire, "Cha'ncey he just come back a-postin', and couldn't half talk fer bein' scairt! He says Ol' Whateley's haouse is all blowed up, with the tim-bers scattered raound like they'd ben dynamite inside; only the bot-tom floor ain't through, but is all covered with a kind o' tarlike stuff that smells awful an' drips daown offen the aidges onto the graoun' whar the side timbers is blowed away. An' they's awful kinder marks in the yard, tew—great raound marks bigger raound than a hogshead, an' all sticky with stuff like is on the blowed-up haouse. Cha'ncey he says they leads off into the medders, whar a great swath wider 'n a barn is matted daown, an' all the stun walls tumbled every which way wherever it goes.

nado por el susto mientras entraba a tientas en la cocina y en el patio, fuera, el rebaño, no menos asustado, daba zarpazos y berreaba lastimosamente, habiendo seguido al muchacho en el pánico que compartían con él. Entre jadeos, Luther intentó balbucear su relato a Mrs. Corey.

«Allá arriba en el arroyo, más allá de la cañada, Mis' Corey, ¡hay algo allí! Huele como un trueno y todos los arbustos y arbolitos están empujados hacia atrás desde el arroyo como si hubieran movido una casa a lo largo de él. Y eso no es todo. Hay huellas en el barro, Mis' Corey, huellas grandes como cabezas de barril, todas hundidas como si hubiera pasado un elefante, sólo que son mucho más grandes que las que podrían dejar cuatro patas. Miré una o dos antes de correr y vi que todas estaban cubiertas de líneas que se extendían desde un mismo lugar, como si grandes abanicos de hojas de palmera —dos o tres veces más grandes que cualquiera de ellas— se hubieran clavado en el barro. Y el olor era horrible, como el de la vieja casa del Mago Whateley...».

Aquí vaciló y pareció estremecerse de nuevo con el susto que le había hecho huir a casa. Mrs. Corey, incapaz de extraer más información, empezó a telefonear a los vecinos; iniciando así sus rondas las olas de pánico que anunciaban los mayores terrores. Cuando se puso en contacto con Sally Sawyer, ama de llaves de Seth Bishop, el lugar más cercano a Whateley, le tocó escuchar en lugar de comunicar, porque Chauncey, el hijo de Sally, que dormía mal, había subido a la colina en dirección a Whateley y había regresado despavorido tras echar un vistazo al lugar y a los pastos donde las vacas de Mr. Bishop habían permanecido fuera toda la noche.

«Sí, Mis' Corey», llegó la voz temblorosa de Sally a través del cable del grupo, «¡Cha'ncey acaba de volver a su puesto y no podía ni hablar de lo asustado que estaba! Dice que la casa del viejo Whateley ha volado por los aires, con los maderos esparcidos por todas partes como si hubieran sido dinamitados en su interior, sólo que el piso de abajo no está destrozado, sino que está todo cubierto de una especie de alquitrán que huele espantosamente y gotea por las paredes hasta el suelo, donde los maderos laterales han volado por los aires. Y hay marcas horribles en el patio, marcas más grandes que un barril de cerdo y pegajosas como las de la casa volada. Cha'ncey dice que conducen a los médanos, donde una gran franja más ancha que un granero está esparcida y todas las paredes de piedra derribadas por donde quiera que va.

"An' he says, says he, Mis' Corey, as haow he sot to look fer Seth's caows, frighted ez he was; an' faound 'em in the upper pasture nigh the Devil's Hop Yard in an awful shape. Haff on 'em's clean gone, an' nigh haff o' them that's left is sucked most dry o' blood, with sores on 'em like they's ben on Whateley's cattle ever senct Lavinny's black brat was born. Seth he's gone aout naow to look at 'em, thoirgh I'll vaow he wun't keer ter git very nigh Wizard Whateley's! Cha'ncey didn't look keerful ter see whar the big matted-daown swath led arter it leff the pasturage, but he says he thinks it p'inted towards the glen rud to the village.

"I tell ye, Mis' Corey, they's suthin' abroad as hadn't orter be abroad, an' I fer one think that black Wilbur Whateley, as come to the bad eend he desarved, is at the bottom of the breedin' of it. He wa'n't all human hisself, I allus says to everybody; an' I think he an' Ol' Whateley must a raised suthin' in that there nailed-up haouse as ain't even so human as he was. They's allus ben unseen things araound Dunwich—livin' things—as ain't human an' ain't good fer human folks.

"The graoun' was a'talkin' lass night, an' towards mornin' Cha'ncey he heerd the whippoorwills so laoud in Col' Spring Glen he couldn't sleep none. Then he thought he heerd another faintlike saound over towards Wizard Whateley's—a kinder rippin' or tearin' o' wood, like some big box er crate was bein' opened fur off. What with this an' that, he didn't git to sleep at all till sunup, an' no sooner was he up this mornin', but he's got to go over to Whateley's an' see what's the matter. He see enough, I tell ye, Mis' Corey! This dun't mean no good, an' I think as all the men-folks ought to git up a party an' do suthin'. I know suthin' awful's abaout, an' feel my time is nigh, though only Gawd knows jest what it is.

"Did your Luther take accaount o' whar them big tracks led tew? No? Wal, Mis' Corey, ef they was on the glen rud this side o' the glen, an' ain't got to your haouse yet, I calc'late they must go into the glen itself. They would do that. I allus says Col' Spring Glen ain't no healthy nor decent place. The whippoorwills an' fireflies there never did act like they was creaters o' Gawd, an' they's them as says ye kin hear strange things a-rushin' an' a-talkin' in the air daown thar ef ye stand in the right place, atween the rock falls an' Bear's Den."

«Y dice, dice él, Mis' Corey, cómo fue a buscar las vacas de Seth, asustado como estaba, y las encontró en el pasto superior cerca del Patio de Lúpulo del Diablo en un estado horrible. Cada una de ellas estaba destrozada y casi todas las que quedaban estaban llenas de sangre, con llagas como las que tenía el ganado de Whateley desde que nació el mocoso negro de Lavinia. Seth ha salido ahora a verlas, ¡aunque le aseguro que no querrá acercarse mucho a las del Mago Whateley! Cha'ncey no se fijó bien para ver adónde conducía la gran hilera de césped enmarañado después de salir del pastizal pero dice que cree que iba hacia la cañada bordeando el pueblo.

«Le digo, Mis' Corey, que hay cosas en el exterior que no deberían estar en el exterior, y yo, por mi parte, creo que el negro Wilbur Whateley, que ha llegado al mal final que se merecía, está en el fondo de la cuestión. No era del todo humano, se lo digo a todo el mundo, y creo que él y el viejo Whateley deben de haber criado algo en esa casa clavada que ni siquiera es tan humano como él. Alrededor de Dunwich hay cosas invisibles, cosas que viven, que no son humanas y no son buenas para los humanos.

«El granjero estuvo hablando toda la noche y por la mañana Cha'ncey oyó a los chotacabras tan ruidosos en Col' Spring Glen que no pudo dormir. Luego creyó oír otro ruido débil hacia la casa del Mago Whateley, una especie de rasgón o desgarro de madera, como si estuvieran abriendo alguna caja o cajón grande. Con todo esto, no pudo dormir hasta el amanecer y apenas se levantó esta mañana tuvo que ir a casa de Whateley a ver qué pasaba. ¡Ya ha visto bastante, le digo, Mis' Corey! Esto no significa nada bueno y creo que todos los hombres deberían formar un grupo y hacer algo. Sé que se acerca algo terrible y siento que mi hora está cerca, aunque sólo Dios sabe cuál es.

«¿Tuvo en cuenta su Luther a dónde llevaban esas grandes huellas? ¿No? Vaya, Mis' Corey, si estaban en la cañada de este lado de la misma, y aún no han llegado a su casa, calculo que deben entrar en la cañada misma. Eso es lo que harían. Yo también digo que Col' Spring Glen no es un lugar sano ni decente. Los chotacabras y las luciérnagas de allí nunca actuaron como si fueran criaturas de Dios y ellos son los que dicen que se pueden oír cosas extrañas corriendo y hablando en el aire allá abajo si una se para en el lugar correcto, entre los desprendimientos de rocas y la Guarida del Oso».

By that noon fully three-quarters of the men and boys of Dunwich were trooping over the roads and meadows between the new-made Whateley ruins and Cold Spring Glen; examining in horror the vast, monstrous prints, the maimed Bishop cattle, the strange, noisome wreck of the farmhouse, and the bruised, matted vegetation of the fields and roadsides. Whatever had burst loose upon the world had assuredly gone down into the great sinister ravine; for all the trees on the banks were bent and broken, and a great avenue had been gouged in the precipice-hanging underbrush. It was as though a house, launched by an avalanche, had slid down through the tangled growths of the almost vertical slope. From below no sound came, but only a distant, undefinable fetor; and it is not to be wondered at that the men preferred to stay on the edge and argue, rather than descend and beard the unknown Cyclopean horror in its lair. Three dogs that were with the party had barked furiously at first, but seemed cowed and reluctant when near the glen. Someone telephoned the news to the Aylesbury Transcript; but the editor, accustomed to wild tales from Dunwich, did no more than concoct a humorous paragraph about it; an item soon afterward reproduced by the Associated Press.

That night everyone went home, and every house and barn was barricaded as stoutly as possible. Needless to say, no cattle were allowed to remain in open pasturage. About 2 in the morning a frightful stench and the savage barking of the dogs awakened the household at Elmer Frye's, on the eastern edge of Cold Spring Glen, and all agreed that they could hear a sort of muffled Swishing or lapping sound from somewhere outside. Mrs. Frye proposed telephoning the neighbors, and Elmer was about to agree when the noise of splintering wood burst in upon their deliberations. It came, apparently, from the barn; and was quickly followed by a hideous screaming and stamping amongst the cattle. The dogs slavered and crouched close to the feet of the fear-numbed family. Frye lit a lantern through force of habit, but knew it would be death to go out into that black farmyard. The children and the women-folk whimpered, kept from screaming by some obscure, vestigial instinct of defense which told them their lives depended on silence. At last the noise of the cattle subsided to a pitiful moaning, and a great snapping, crashing, and crackling ensued. The Fryes, huddled together in the sitting-room,

Hacia ese mediodía, las tres cuartas partes de los hombres y niños de Dunwich recorrían los caminos y prados entre las ruinas de la nueva construcción de los Whateley y Cold Spring Glen, examinaban horrorizados las vastas y monstruosas huellas, el ganado mutilado de Bishop, los extraños y ruidosos restos de la granja y la magullada y enmarañada vegetación de los campos y los bordes de los caminos. Fuera lo que fuese lo que se había desatado sobre el mundo, sin duda había descendido por el gran barranco siniestro, porque todos los árboles de las orillas estaban doblados y rotos y se había surcado un gran camino en la maleza que colgaba del precipicio. Era como si una casa, lanzada por una avalancha, se hubiera deslizado por los enmarañados matorrales de la ladera casi vertical. Desde abajo no llegaba ningún sonido, sino sólo un fetor lejano e indefinible, y no es de extrañar que los hombres prefirieran quedarse en el borde y discutir, antes que descender y acechar al desconocido horror ciclópeo en su guarida. Tres perros que acompañaban a la partida habían ladrado furiosamente al principio, pero parecían acobardados y reacios cuando se acercaron a la cañada. Alguien telefoneó la noticia al *Aylesbury Transcript* pero el editor, acostumbrado a los relatos salvajes de Dunwich, no hizo más que urdir un párrafo humorístico al respecto, un artículo reproducido poco después por la Associated Press.

Esa noche todo el mundo se fue a casa y todas las casas y graneros fueron atrincherados con las barricadas más resistentes posibles. Ni que decir tiene que no se permitió que ningún ganado permaneciera en pastos abiertos. Hacia las dos de la madrugada, un hedor espantoso y los ladridos salvajes de los perros despertaron a los habitantes de la casa de Elmer Frye, en el extremo oriental de Cold Spring Glen, y todos coincidieron en que podían oír una especie de sonido sordo de chapoteo o lapeo procedente de algún lugar del exterior. Mrs. Frye propuso telefonear a los vecinos y Elmer estaba a punto de aceptar cuando el ruido de madera astillándose irrumpió en sus deliberaciones. Procedía, al parecer, del granero y fue seguido rápidamente por unos horribles gritos y pisotones entre el ganado. Los perros se agitaron y se agazaparon cerca de los pies de la familia entumecida por el miedo. Frye encendió una linterna por la fuerza de la costumbre pero sabía que sería mortal salir a aquel negro corral. Los niños y las mujeres gimoteaban, evitando gritar por algún oscuro y vestigial instinto de defensa que les decía que sus vidas dependían del silencio. Por fin, el ruido del ganado se redujo a un gemido lastimero y se oyó un gran chasquido y crujido. Los Frye,

did not dare to move until the last echoes died away far down in Cold Spring Glen. Then, amidst the dismal moans from the stable and the demoniac, piping of late whippoorwills in the glen, Selina Frye tottered to the telephone and spread what news she could of the second phase of the horror.

The next day all the countryside was in a panic; and cowed, uncommunicative groups came and went where the fiendish thing had occurred. Two titan swaths of destruction stretched from the glen to the Frye farmyard, monstrous prints covered the bare patches of ground, and one side of the old red barn had completely caved in. Of the cattle, only about a quarter could be found and identified. Some of these were in curious fragments, and all that survived had to be shot. Earl Sawyer suggested that help be asked from Aylesbury or Arkham, but others maintained it would be of no use. Old Zebulon Whateley, of a branch that hovered about half-way between soundness and decadence, made darkly wild suggestions about rites that ought to be practised on the hilltops. He came of a line where tradition ran strong, and his memories of chantings in the great stone circles were not altogether connected with Wilbur and his grandfather.

Darkness fell upon a stricken countryside too passive to organize for real defense. In a few cases closely related families would band together and watch in the gloom under one roof; but in general there was only a repetition of the barricading of the night before, and a futile, ineffective gesture of loading muskets and setting pitchforks handily about. Nothing, however, occurred except some hill noises; and when the day came there were many who hoped that the new horror had gone as swiftly as it had come. There were even bold souls who proposed an offensive expedition down in the glen, though they did not venture to set an actual example to the still reluctant majority.

When night came again the barricading was repeated, though there was less huddling together of families. In the morning both the Frye and the Seth Bishop households reported excitement among the dogs and vague sounds and stenches from afar, while early explorers noted with horror a fresh set of the monstrous tracks in the

acurrucados en la sala de estar, no se atrevieron a moverse hasta que los últimos ecos se apagaron, lejos, en Cold Spring Glen. Entonces, entre los lúgubres gemidos del establo y el endemoniado ulular de los chotacabras en la cañada, Selina Frye se acercó tambaleándose al teléfono y difundió las noticias que pudo de la segunda fase del horror.

Al día siguiente todo el campo estaba sumido en pánico y grupos acobardados y sin ganas de hablar iban y venían por donde había ocurrido el diabólico suceso. Dos franjas titánicas de destrucción se extendían desde la cañada hasta el corral de los Frye, huellas monstruosas cubrían los trozos de tierra desnuda y uno de los lados del viejo granero rojo se había derrumbado por completo. De las reses, sólo se pudo encontrar e identificar una cuarta parte. Algunas de ellas se encontraban en curiosos fragmentos y todas las que sobrevivieron tuvieron que ser fusiladas. Earl Sawyer sugirió que se pidiera ayuda a Aylesbury o Arkham, pero otros sostuvieron que no serviría de nada. El viejo Zebulon Whateley, de una rama que rondaba a medio camino entre la solidez y la decadencia, hizo sugerencias oscuramente descabelladas sobre los ritos que deberían practicarse en las cimas de las colinas. Procedía de una línea en la que la tradición estaba asentada y sus recuerdos de cánticos en los grandes círculos de piedra no estaban del todo relacionados con Wilbur y su abuelo.

La oscuridad cayó sobre un pueblo azotado y demasiado pasivo como para organizarse para una defensa real. En unos pocos casos, familias estrechamente emparentadas se agrupaban y vigilaban en la penumbra bajo un mismo techo pero, en general, sólo había una repetición de las barricadas de la noche anterior y un gesto fútil e ineficaz de cargar mosquetes y colocar horquetas a mano. No ocurrió nada, sin embargo, salvo algunos ruidos en la colina y cuando llegó el día hubo muchos que esperaban que el nuevo horror se hubiera ido tan rápido como había llegado. Hubo incluso almas audaces que propusieron una expedición ofensiva en la cañada, aunque no se aventuraron a dar un ejemplo real a la mayoría aún reticente.

Cuando llegó de nuevo la noche se repitieron las barricadas, aunque hubo menos apiñamiento de familias. Por la mañana, tanto los Frye como los Seth Bishop informaron acerca de la excitación entre los perros y de vagos sonidos y hedores procedentes de lejos, mientras que los primeros exploradores observaron con horror un nuevo conjunto de

road skirting Sentinel Hill. As before, the sides of the road showed a bruising indicative of the blasphemously stupendous bulk of the horror; whilst the conformation of the tracks seemed to argue a passage in two directions, as if the moving mountain had come from Cold Spring Glen and returned to it along the same path. At the base of the hill a thirty-foot swath of crushed shrubbery and saplings led steeply upward, and the seekers gasped when they saw that even the most perpendicular places did not deflect the inexorable trail. Whatever the horror was, it could scale a sheer stony cliff of almost complete verticality; and as the investigators climbed around to the hill's summit by safer routes they saw that the trail ended—or rather, reversed—there.

It was here that the Whateleys used to build their hellish fires and chant their hellish rituals by the table-like stone on May Eve and Hallowmass. Now that very stone formed the center of a vast space thrashed around by the mountainous horror, whilst upon its slightly concave surface was a thick fetid deposit of the same tarry stickiness observed on the floor of the ruined Whateley farmhouse when the horror escaped. Men looked at one another and muttered. Then they looked down the hill. Apparently the horror had descended by a route much the same as that of its ascent. To speculate was futile. Reason, logic, and normal ideas of motivation stood confounded. Only old Zebulon, who was not with the group, could have done justice to the situation or suggested a plausible explanation.

Thursday night began much like the others, but it ended less happily. The whippoorwills in the glen had screamed with such unusual persistence that many could not sleep, and about 3 a. m. all the party telephones rang tremulously. Those who took down their receivers heard a fright-mad voice shriek out, "Help, oh, my Gawd! . . ." and some thought a crashing sound followed the breaking off of the exclamation. There was nothing more. No one dared do anything, and no one knew till morning whence the call came. Then those who had heard it called everyone on the line, and found that only the Fryes did not reply. The truth appeared an hour later, when a hastily assembled group of armed men trudged out to the Frye place at the head of the glen. It was horrible, yet hardly a surprize. There were more

las monstruosas huellas en la carretera que bordeaba la colina Sentinel. Como antes, los lados del camino mostraban una marca indicativa del blasfemo y estupendo bulto del horror, mientras que la conformación de las huellas parecía argumentar un paso en dos direcciones, como si la montaña en movimiento hubiera venido de Cold Spring Glen y regresado allí por el mismo camino. En la base de la colina, una franja de treinta pies de arbustos y árboles jóvenes aplastados conducía abruptamente hacia arriba y los buscadores jadearon al ver que ni los lugares más perpendiculares desviaban el inexorable rastro. Fuera lo que fuera el horror, podía escalar un escarpado acantilado pedregoso casi completamente vertical y cuando los investigadores subieron hasta la cima de la colina por rutas más seguras vieron que el rastro terminaba —o más bien, daba marcha atrás— allí.

Era aquí donde los Whateley solían encender sus fuegos infernales y cantar sus rituales infernales junto a la piedra en forma de mesa en la víspera de mayo y en la misa de Todos los Santos. Ahora esa misma piedra formaba el centro de un vasto espacio azotado por el horror montañoso, mientras que sobre su superficie ligeramente cóncava había un espeso depósito fétido de la misma viscosidad alquitranada que se observaba en el suelo de la granja en ruinas de los Whateley cuando el horror escapó. Los hombres se miraron unos a otros y murmuraron. Luego miraron colina abajo. Al parecer, el horror había descendido por una ruta muy parecida a la de su ascenso. Especular era inútil. La razón, la lógica y las ideas normales de motivación quedaron confundidas. Sólo el viejo Zebulon, que no estaba con el grupo, podría haber hecho justicia a la situación o sugerido una explicación plausible.

La noche del jueves empezó muy parecida a las demás, pero terminó menos felizmente. Los chotacabras de la cañada habían chillado con una persistencia tan inusitada que muchos no pudieron dormir y hacia las tres de la madrugada todos los teléfonos del grupo sonaron temblorosamente. Los que descolgaron sus receptores oyeron una voz enloquecida por el miedo gritar: «¡Socorro, oh, Dios mío...!» y algunos pensaron que un estruendo siguió a la interrupción de la exclamación. No hubo nada más. Nadie se atrevió a hacer nada y nadie supo hasta el día siguiente de dónde procedía la llamada. Entonces los que la habían oído llamaron a todos los que estaban en la línea y descubrieron que sólo los Fry no respondían. La verdad se supo una hora más tarde, cuando un grupo de hombres armados reunido apresuradamente se dirigió

swaths and monstrous prints, but there was no longer any house. It had caved in like an egg-shell, and amongst the ruins nothing living or dead could be discovered—only a stench and a tarry stickiness. The Elmer Fryes had been erased from Dunwich.

a la casa de los Frye, en la cabecera de la cañada. Era horrible, pero difícilmente una sorpresa. Había más hileras y huellas monstruosas pero ya no había ninguna casa. Se había derrumbado como una cáscara de huevo y entre las ruinas no se podía descubrir nada, ni vivo ni muerto, sólo un hedor y una pegajosidad alquitranada. Los Elmer Fryes habían sido borrados de Dunwich.

In the meantime a quieter yet even more spiritually poignant phase of the horror had been blackly unwinding itself behind the closed door of a shelf-lined room in Arkham. The curious manuscript record or diary of Wilbur Whateley, delivered to Miskatonic University for translation, had caused much worry and bafflement among the experts in languages both ancient and modern; its very alphabet, notwithstanding a general resemblance to the heavily shaded Arabic used in Mesopotamia, being absolutely unknown to any available authority. The final conclusion of the linguists was that the text represented an artificial alphabet, giving the effect of a cipher; though none of the usual methods of cryptographic solution seemed to furnish any clue, even when applied on the basis of every tongue the writer might conceivably have used. The ancient books taken from Whateley's quarters, while absorbingly interesting and in several cases promising to open up new and terrible lines of research among philosophers and men of science, were of no assistance whatever in this matter. One of them, a heavy tome with an iron clasp, was in another unknown alphabet—this one of a very different cast, and resembling Sanskrit more than anything else. The old ledger was at length given wholly into the charge of Dr. Armitage, both because of his peculiar interest in the Whateley matter, and because of his wide linguistic learning and skill in the mystical formulæ of antiquity and the Middle Ages.

Armitage had an idea that the alphabet might be something esoterically used by certain forbidden cults which have come down from old times, and which have inherited many forms and traditions from the wizards of the Saracenic world. That question, however, he did not deem vital; since it would be unnecessary to know the origin of the symbols if, as he suspected, they were used as a cipher in a modern language. It was his belief that, considering the great amount of text involved, the writer would scarcely have wished the trouble of using another speech than his own, save perhaps in certain special formlæ and incantations. Accordingly he attacked the manuscript with the preliminary assumption that the bulk of it was in English.

Dr. Armitage knew, from the repeated failures of his colleagues,

Mientras tanto, una fase del horror más silenciosa, pero aún más conmovedora espiritualmente, se había ido desenvolviendo sombríamente tras la puerta cerrada de una habitación forrada de estanterías en Arkham. El curioso registro manuscrito o diario de Wilbur Whateley, entregado a la Universidad de Miskatonic para su traducción, había causado mucha preocupación y desconcierto entre los expertos en lenguas tanto antiguas como modernas; su propio alfabeto, a pesar de un parecido genérico con el árabe matizado utilizado en Mesopotamia, era absolutamente desconocido para cualquier autoridad disponible. La conclusión final de los lingüistas fue que el texto representaba un alfabeto artificial que provocaba el efecto de una clave, aunque ninguno de los métodos habituales de solución criptográfica parecía proporcionar pista alguna, ni siquiera cuando se aplicaban sobre la base de todas las lenguas que el escritor hubiera podido utilizar. Los libros antiguos sacados de los aposentos de Whateley, aunque absorbentemente interesantes y en varios casos prometiendo abrir nuevas y terribles líneas de investigación entre los filósofos y los hombres de ciencia, no fueron de ninguna ayuda en este asunto. Uno de ellos, un pesado tomo con un cierre de hierro, estaba escrito en otro alfabeto desconocido, éste de una factura muy diferente y parecido al sánscrito más que a ninguna otra cosa. Al final, el viejo libro mayor se entregó por completo al Dr. Armitage, tanto por su peculiar interés en el asunto de Whateley, como por su amplio conocimiento lingüístico y su destreza en las fórmulas místicas de la antigüedad y la Edad Media.

Armitage tenía la idea de que el alfabeto podría ser algo esotéricamente utilizado por ciertos cultos prohibidos que vienen de antiguo y que han heredado muchas formas y tradiciones de los magos del mundo sarraceno. Esa cuestión, sin embargo, no la consideraba vital, ya que sería innecesario conocer el origen de los símbolos si, como sospechaba, se utilizaban como clave en una lengua moderna. Creía que, teniendo en cuenta la gran cantidad de texto de que se trataba, el escritor apenas se habría tomado la molestia de utilizar otra lengua que no fuera la suya, salvo quizá en ciertas fórmulas y conjuros especiales. En consecuencia, atacó el manuscrito con la suposición preliminar de que la mayor parte estaba en inglés.

El Dr. Armitage sabía, por los repetidos fracasos de sus colegas, que

that the riddle was a deep and complex one, and that no simple mode of solution could merit even a trial. All through late August he fortified himself with the massed lore of cryptography, drawing upon the fullest resources of his own library, and wading night after night amidst the arcana of Trithemius' Poligraphia, Giambattista Porta's De Furtivis Literarum Notis, De Vigenere's Traité des Chiffres, Falconer's Cryptomenysis Patefacta, Davys' and Thicknesse's Eighteenth Century treatises, and such fairly modern authorities as Blair, von Marten, and Klüber's Kryptographik. He interspersed his study of the books with attacks on the manuscript itself, and in time became convinced that he had to deal with one of those subtlest and most ingenious of cryptograms, in which many separate lists of corresponding letters are arranged like the multiplication table, and the message built up with arbitrary key-words known only to the initiated. The older authorities seemed rather more helpful than the newer ones, and Armitage concluded that the code of the manuscript was one of great antiquity, no doubt handed down through a long line of mystical experimenters. Several times he seemed near daylight, only to be set back by some unforeseen obstacle. Then, as September approached, the clouds began to clear. Certain letters, as used in certain parts of the manuscript, emerged definitely and unmistakably; and it became obvious that the text was indeed in English.

On the evening of September second the last major barrier gave way, and Dr. Armitage read for the first time a continuous passage of Wilbur Whateley's annals. It was in truth a diary, as all had thought; and it was couched in a style clearly showing the mixed occult erudition and general illiteracy of the strange being who wrote it. Almost the first long passage that Armitage deciphered, an entry dated November 26, 1916, proved highly startling and disquieting. It was written, he remembered, by a child of three and a half who looked like a lad of twelve or thirteen.

Today learned the Aklo for the Sabaoth, [it ran] which did not like, it being answerable from the hill and not from the air. That upstairs more ahead of me than I had thought it would be, and is not like to have much earth brain. Shot Elam Hutchins's collie Jack when he went to bite me, and Elam says he would kill me if he dast. I guess he won't. Grandfather kept me saying the Dho formula last night, and I

el enigma era profundo y complejo y que ningún modo sencillo de solución podía merecer siquiera un ensayo. Durante todo el mes de agosto se nutrió de la sabiduría popular de la criptografía, utilizando todos los recursos de su propia biblioteca y vadeando noche tras noche entre los arcanos de la *Poligraphia* de Trithemius, el *De Furtivis Literarum Notis* de Giambattista Porta, el *Traité des Chiffres* de De Vigenere, el *Cryptomenysis Patefacta* de Falconer, los tratados del siglo XVIII de Davys y Thicknesse y autoridades bastante modernas como Blair, von Marten y el *Kryptographik* de Klüber. Intercaló su estudio de los libros con ataques al propio manuscrito y con el tiempo se convenció de que tenía que enfrentarse a uno de esos criptogramas más sutiles e ingeniosos, en los que muchas listas separadas de letras correspondientes están dispuestas como la tabla de multiplicar y el mensaje se construye con palabras clave arbitrarias que sólo conocen los iniciados. Las autoridades más antiguas parecían bastante más útiles que las más recientes y Armitage llegó a la conclusión de que el código del manuscrito era uno de gran antigüedad, sin duda transmitido a través de una larga línea de experimentadores místicos. Varias veces parecía que iba a hacerse la luz, sólo para tener que retroceder por algún obstáculo imprevisto. Luego, a medida que se acercaba septiembre, las nubes empezaron a despejarse. Ciertas letras, tal y como se utilizaban en determinadas partes del manuscrito, emergieron de forma definitiva e inequívoca y se hizo evidente que el texto estaba efectivamente en inglés.

La noche del 2 de septiembre, la última gran barrera cedió y el Dr. Armitage leyó por primera vez un pasaje continuo de los anales de Wilbur Whateley. Era en verdad un diario, como todos habían pensado, y estaba redactado en un estilo que mostraba claramente la mezcla de erudición ocultista y analfabetismo general del extraño ser que lo escribió. Prácticamente el primer pasaje largo que descifró Armitage, una entrada fechada el 26 de noviembre de 1916, resultó altamente sorprendente e inquietante. Estaba escrita, recordó, por un niño de tres años y medio que parecía un muchacho de doce o trece.

Hoy aprendí el Aklo para el Sabaoth, [siguió] que no me gustó, siendo respondible de la colina y no del aire. Que arriba más por delante de mí de lo que había pensado que sería y no es como tener mucho cerebro de la tierra. Disparé a Jack, el collie de Elam Hutchins, cuando iba a morderme y Elam dice que me iba a matar si lo hacía. Supongo que no lo hará. El abuelo me mantuvo diciendo la fórmula Dho anoche y creo que

think I saw the inner city at the 2 magnetic poles. I shall go to those poles when the earth is cleared off, if I can't break through with the Dho-Hna formula when I commit it. They from the air told me at Sabbat that it will be years before I can clear off the earth, and I guess Grandfather will be dead then, so I shall have to learn all the angles of the planes and all the formulas between the Yr and the Nhhngr. They from outside will help, but they can not take body without human blood. That upstairs looks it will have the right cast. I can see it a little when I make the Yoorish sign or blow the power of Ibn Ghazi at it, and it is near like them at May Eve on the Hill. The other face may wear off some. I wonder how I shall look when the earth is cleared and there are no earth beings on it. He that came with the Aklo Sabaoth said I may be transfigured, there being much of outside to work on.

Morning found Dr. Armitage in a cold sweat of terror and a frenzy of wakeful concentration. He had not left the manuscript all night, but sat at his table under the electric light turning page after page with shaking hands as fast as he could decipher the cryptic text. He had nervously telephoned his wife he would not be home, and when she brought him a breakfast from the house he could scarcely dispose of a mouthful. All that day he read on, now and then halted maddeningly as a reapplication of the complex key became necessary. Lunch and dinner were brought him, but he ate only the smallest fraction of either. Toward the middle of the next night he drowsed off in his chair, but soon woke out of a tangle of nightmares almost as hideous as the truths and menaces to man's existence that he had uncovered.

On the morning of September fourth Professor Rice and Dr. Morgan insisted on seeing him for a while, and departed trembling and ashen-gray. That evening he went to bed, but slept only fitfully. Wednesday—the next day—he was back at the manuscript, and began to take copious notes both from the current sections and from those he had already deciphered. In the small hours of that night he slept a little in an easy-chair in his office, but was at the manuscript again before dawn. Some time before noon his physician. Dr. Hartwell, called to see him and insisted that he cease work. He refused, intimating that it was of the most vital importance for him to complete the reading of the diary, and promising an explanation in due course of time.

vi la ciudad interior en los 2 polos magnéticos. Iré a esos polos cuando se despeje la tierra, si no puedo abrirme paso con la fórmula Dho-Hna cuando la cometa. Los del aire me dijeron en el Sabbat que pasarán años antes de que pueda salir de la tierra y supongo que el abuelo estará muerto entonces, así que tendré que aprender todos los ángulos de los planos y todas las fórmulas entre el Yr y el Nhhngr. Los de fuera ayudarán, pero no pueden tomar cuerpo sin sangre humana. Eso de arriba parece que tendrá la forma adecuada. Puedo verla un poco cuando hago el signo yoorish o le soplo el poder de Ibn Ghazi y está cerca como ellos en la víspera de mayo en la colina. La otra cara puede desaparecer un poco. Me pregunto qué aspecto tendré cuando la tierra esté despejada y no haya seres terrestres en ella. El que vino con el Aklo Sabaoth dijo que puede que me transfigure, ya que hay mucho de fuera en lo que trabajar.

La mañana encontró al Dr. Armitage sumido en un sudor frío de terror y en un frenesí de concentración despierta. No se había separado del manuscrito en toda la noche, estaba sentado a su mesa bajo la luz eléctrica pasando página tras página con manos temblorosas tan rápido como podía descifrar el críptico texto. Había telefoneado nerviosamente a su esposa diciéndole que no volvería a casa y cuando ella le trajo un desayuno de la casa apenas pudo tomar un bocado. Durante todo ese día siguió leyendo, de vez en cuando se detenía enloquecido cuando era necesario volver a aplicar la compleja clave. Le trajeron el almuerzo y la cena pero sólo comió una mínima parte de ambos. Hacia la mitad de la noche siguiente se durmió en su silla pero pronto despertó de una maraña de pesadillas casi tan horribles como las verdades y amenazas a la existencia del hombre que había descubierto.

La mañana del 4 de septiembre el Profesor Rice y el Dr. Morgan insistieron en verle un rato y se marchó tembloroso y ceniciento. Esa noche se fue a la cama pero sólo durmió de forma irregular. El miércoles —al día siguiente— estaba de nuevo ante el manuscrito y empezó a tomar copiosas notas tanto de las secciones actuales como de las que ya había descifrado. En las primeras horas de esa noche durmió un poco en un sillón de su despacho pero estuvo de nuevo ante el manuscrito antes del amanecer. Algún tiempo antes del mediodía su médico, el Dr. Hartwell, le visitó e insistió en que dejara de trabajar. Él se negó, insinuando que era de la mayor importancia para él completar la lectura del diario, prometiendo una explicación a su debido tiempo.

That evening, just as twilight fell, he finished his terrible perusal and sank back exhausted. His wife, bringing his dinner, found him in a half-comatose state; but he was conscious enough to warn her off with a sharp cry when he saw her eyes wander toward the notes he had taken. Weakly rising, he gathered up the scribbled papers and sealed them all in a great envelope, which he immediately placed in his inside coat pocket. He had sufficient strength to get home, but was so clearly in need of medical aid that Dr. Hartwell was summoned at once. As the doctor put him to bed he could only mutter over and over again, "But what, in God's name, can we do?"

Dr. Armitage slept, but was partly delirious the next day. He made no explanations to Hartwell, but in his calmer moments spoke of the imperative need, of a long conference with Rice and Morgan. His wilder wanderings were very startling indeed, including frantic appeals that something in a boarded-up farmhouse be destroyed, and fantastic references to some plan for the extirpation of the entire human race and all animal and vegetable life from the earth by some terrible elder race of beings from another dimension. He would shout that the world was in danger, since the Elder Things wished to strip it and drag it away from the solar system and cosmos of matter into some other plane or phase of entity from which it had once fallen, vigintillions of eons ago. At other times he would call for the dreaded Necronomicon and the Dæmonolatreia of Remigius, in which he seemed hopeful of finding some formula to check the peril he conjured up.

"Stop them, stop them!" he would shout. "Those Whateleys meant to let them in, and the worst of all is left! Tell Rice and Morgan we must do something—it's a blind business, but I know how to make the powder. . . . It hasn't been fed since the second of August, when Wilbur came here to his death, and at that rate . . ."

But Armitage had a sound physique despite his seventy-three years, and slept off his disorder that night without developing any real fever. He woke late Friday, clear of head, though sober, with a gnawing fear and tremendous sense of responsibility. Saturday afternoon he felt able to go over to the library and summon Rice and Morgan for a conference, and the rest of that day and evening the

Aquella noche, justo cuando caía el crepúsculo, terminó su terrible lectura y se desplomó exhausto. Su esposa, que le traía la cena, lo encontró en un estado medio comatoso pero él estaba lo bastante consciente como para detenerla con un grito agudo cuando vio que sus ojos se desviaban hacia las notas que había tomado. Levantándose con debilidad, recogió los papeles garabateados y los selló todos en un gran sobre que guardó inmediatamente en el bolsillo interior de su abrigo. Tenía fuerzas suficientes para llegar a casa pero era tan evidente que necesitaba ayuda médica que llamaron enseguida al Dr. Hartwell. Mientras el médico lo acostaba, sólo pudo murmurar una y otra vez: «Pero, en nombre de Dios, ¿qué podemos hacer?».

El Dr. Armitage durmió pero al día siguiente deliraba parcialmente. No dio explicaciones a Hartwell pero en sus momentos más tranquilos habló de la necesidad imperiosa de una larga reunión con Rice y Morgan. Sus divagaciones más salvajes fueron realmente sorprendentes, incluyendo frenéticos llamamientos para que se destruyera algo en una granja entablada y fantásticas referencias a algún plan para la extirpación de toda la raza humana y de toda la vida animal y vegetal de la tierra por parte de alguna terrible raza mayor de seres de otra dimensión. Gritaba que el mundo estaba en peligro, ya que las Cosas Mayores deseaban despojarlo y arrastrarlo fuera del sistema solar y del cosmos de la materia hacia algún otro plano o fase de la entidad de la que una vez había caído, vigintillones de eones atrás. Otras veces recurría al temido *Necronomicón* y a la *Dæmonolatreia* de Remigius, en los que parecía tener la esperanza de encontrar alguna fórmula para frenar el peligro que conjuraba.

«¡Deténganlos, deténganlos!», gritaba. «¡Esos Whateley quisieron dejarlos entrar y queda lo peor de todo! Dígales a Rice y a Morgan que debemos hacer algo; es un asunto a ciegas, pero yo sé cómo hacer el polvo… No se ha alimentado desde el 2 de agosto, cuando Wilbur vino aquí a morir, y a ese paso…».

Pero Armitage tenía un físico sólido a pesar de sus setenta y tres años, y esa noche concilió el sueño sin presentar verdadera fiebre. Se despertó a última hora del viernes, despejado, aunque sobrio, con un miedo desgarrador y un tremendo sentido de la responsabilidad. El sábado por la tarde se sintió capaz de ir a la biblioteca y convocar a Rice y Morgan para una reunión y durante el resto del día y la noche los tres hombres

three men tortured their brains in the wildest speculation and the most desperate debate. Strange and terrible books were drawn voluminously from the stack shelves and from secure places of storage, and diagrams and formulæ were copied with feverish haste and in bewildering abundance. Of skepticism there was none. All three had seen the body of Wilbur Whateley as it lay on the floor in a room of that very building, and after that not one of them could feel even slightly inclined to treat the diary as a madman's raving.

Opinions were divided as to notifying the Massachusetts State Police, and the negative finally won. There were things involved which simply could not be believed by those who had not seen a sample, as indeed was made clear during certain subsequent investigations. Late at night the conference disbanded without having developed a definite plan, but all day Sunday Armitage was busy comparing formulæ and mixing chemicals obtained from the college laboratory. The more he reflected on the hellish diary, the more he was inclined to doubt the efficacy of any material agent in stamping out the entity which Wilbur Whateley had left behind him—the earth-threatening entity which, unknown to him, was to burst forth in a few hours and become the memorable Dunwich horror.

Monday was a repetition of Sunday with Dr. Armitage, for the task in hand required an infinity of research and experiment. Further consultations of the monstrous diary brought about various changes of plan, and he knew that even in the end a large amount of uncertainty must remain. By Tuesday he had a definite line of action mapped out, and believed he would try a trip to Dunwich within a week. Then, on Wednesday, the great shock came. Tucked obscurely away in a corner of the Arkham Advertiser was a facetious little item from the Associated Press, telling what a record-breaking monster the bootleg whisky of Dunwich had raised up. Armitage, half stunned, could only telephone for Rice and Morgan. Far into the night they discussed, and the next day was a whirlwind of preparation on the part of them all. Armitage knew he would be meddling with terrible powers, yet saw that there was no other way to annul the deeper and more malign meddling which others had done before him.

se torturaron los sesos en la especulación más salvaje y el debate más desesperado. Se sacaron voluminosos libros extraños y terribles de los estantes de las bibliotecas y de lugares seguros de almacenamiento y se copiaron diagramas y fórmulas con prisa febril y en desconcertante abundancia. De escepticismo no había nada. Los tres habían visto el cuerpo de Wilbur Whateley tendido en el suelo en una habitación de ese mismo edificio y después de aquello ninguno de ellos podía sentirse siquiera ligeramente inclinado a tratar el diario como un desvarío de un loco.

Las opiniones estaban divididas en cuanto a la notificación a la policía estatal de Massachusetts y finalmente ganó la negativa. Había cosas en juego que simplemente no podían ser creídas por quienes no habían visto personalmente una muestra, como de hecho quedó claro durante ciertas investigaciones posteriores. A última hora de la noche la reunión se disolvió sin haber desarrollado un plan definitivo pero durante todo el domingo Armitage estuvo ocupado comparando fórmulas y mezclando productos químicos obtenidos en el laboratorio de la universidad. Cuanto más reflexionaba sobre el infernal diario, más se inclinaba a dudar de la eficacia de cualquier agente material para acabar con la entidad que Wilbur Whateley había dejado tras de sí, la entidad amenazadora para la tierra que, sin que él lo supiera, iba a estallar en unas horas y convertirse en el memorable horror de Dunwich.

El lunes fue una repetición del domingo para el Dr. Armitage pues la tarea que tenía entre manos requería infinidad de investigaciones y experimentos. Nuevas consultas del monstruoso diario provocaron varios cambios de planes y sabía que incluso al final debía quedar una gran dosis de incertidumbre. El martes ya tenía definida una línea de acción y creía que intentaría un viaje a Dunwich en una semana. Entonces, el miércoles, llegó la gran sorpresa. Escondido oscuramente en un rincón del *Arkham Advertiser* había un pequeño artículo caricaturesco de Associated Press en el que se exponía el monstruo sin precedentes que había provocado el whisky de contrabando de Dunwich. Armitage, medio aturdido, sólo pudo llamar por teléfono a Rice y Morgan. Discutieron hasta bien entrada la noche y el día siguiente fue un torbellino de preparativos por parte de todos ellos. Armitage sabía que se inmiscuiría con poderes terribles pero vio que no había otra forma de anular la intromisión más profunda y maligna que otros habían hecho antes que él.

Friday morning Armitage, Rice and Morgan set out by motor for Dunwich, arriving at the village about 1 in the afternoon. The day was pleasant, but even in the brightest sunlight a kind of quiet dread and portent seemed to hover about the strangely domed hills and the deep, shadowy ravines of the stricken region. Now and then on some mountain top a gaunt circle of stones could be glimpsed against the sky. From the air of hushed fright at Osborn's store they knew something hideous had happened, and soon learned of the annihilation of the Elmer Frye house and family. Throughout that afternoon they rode around Dunwich, questioning the natives concerning all that had occurred, and seeing for themselves with rising pangs of horror the drear Frye ruins with their lingering traces of the tarry stickiness, the blasphemous tracks in the Frye yard, the wounded Seth Bishop cattle, and the enormous swaths of disturbed vegetation in various places. The trail up and down Sentinel Hill seemed to Armitage of almost cataclysmic significance, and he looked long at the sinister altarlike stone on the summit.

At length the visitors, apprised of a party of State Police which had come from Aylesbury that morning in response to the first telephone reports of the Frye tragedy, decided to seek out the officers and compare notes as far as practicable. This, however, they found more easily planned than performed; since no sign of the party could be found in any direction. There had been five of them in a car, but now the car stood empty near the ruins in the Frye yard. The natives, all of whom had talked with the policemen, seemed at first as perplexed as Armitage and his companions. Then old Sam Hutchins thought of something and turned pale, nudging Fred Farr and pointing to the dank, deep hollow that yawned close by.

"Gawd," he gasped, "I told 'em not ter go daown into the glen, an' I never thought nobody'd dew it with them tracks an' that smell an' the whippoorwills a-screeehin' daown thar in the dark o' noonday. . . ."

A cold shudder ran through natives and visitors alike, and every ear seemed strained in a kind of instinctive, unconscious listening.

El viernes por la mañana Armitage, Rice y Morgan partieron en automóvil hacia Dunwich, llegando al pueblo hacia la una de la tarde. El día era agradable, pero incluso a la luz del sol más brillante una especie de temor y presagio silenciosos parecían cernirse sobre las colinas extrañamente abovedadas y los profundos y sombríos barrancos de la región siniestrada. De vez en cuando, en la cima de alguna montaña, se vislumbraba un macilento círculo de piedras contra el cielo. Por el aire de espanto que se respiraba en la tienda de Osborn supieron que algo horrible había ocurrido y pronto se enteraron de la aniquilación de la casa y la familia de Elmer Frye. Durante toda aquella tarde recorrieron a caballo los alrededores de Dunwich, interrogando a los nativos acerca de todo lo ocurrido y viendo por sí mismos, con crecientes punzadas de horror, las lóbregas ruinas de Frye con sus persistentes rastros de la pegajosidad alquitranada, las blasfemas huellas en el patio de Frye, el ganado herido de Seth Bishop y las enormes franjas de vegetación alterada en diversos lugares. El sendero que subía y bajaba por la colina Sentinel le pareció a Armitage de una importancia casi cataclísmica y contempló largamente la siniestra piedra en forma de altar de la cima.

Al final, los visitantes, informados de un destacamento de la policía estatal que había llegado de Aylesbury esa mañana en respuesta a los primeros informes telefónicos de la tragedia de Frye, decidieron buscar a los agentes y comparar notas en la medida de lo posible. Esto, sin embargo, les resultó más fácil de planear que de llevar a cabo, ya que no se pudo encontrar ninguna señal del destacamento en ninguna dirección. Había cinco de ellos en un coche, pero ahora éste permanecía vacío cerca de las ruinas del patio de Frye. Los nativos, todos los cuales habían hablado con los policías, parecían al principio tan perplejos como Armitage y sus acompañantes. Entonces el viejo Sam Hutchins pensó en algo y palideció, dando un codazo a Fred Farr y señalando la hondonada húmeda y profunda que se abría cerca de allí.

«Dios», jadeó, «les dije que no bajaran a la cañada, y nunca pensé que nadie lo haría con esas huellas y ese olor y los chotacabras revoloteando por ahí en la oscuridad del mediodía...».

Un escalofrío recorrió a nativos y visitantes por igual y todos los oídos parecían tensos en una especie de escucha instintiva e inconscien-

Armitage, now that he had actually come upon the horror and its monstrous work, trembled with the responsibility he felt to be his. Night would soon fall, and it was then that the mountainous blasphemy lumbered upon its eldritch course. Negotium perambulans in tenebris. . . . The old librarian rehearsed the formulæ he had memorized, and clutched the paper containing the alternative ones he had not memorized. He saw that his electric flashlight was in working order. Rice, beside him, took from a valise a metal sprayer of the sort used in combating insects; whilst Morgan uncased the big-game rifle on which he relied despite his colleague's warnings that no material weapon would be of help.

Armitage, having read the hideous diary, knew painfully well what kind of a manifestation to expect, but he did not add to the fright of the Dunwich people by giving any hints or clues. He hoped that it might be conquered without any revelation to the world of the monstrous thing it had escaped. As the shadows gathered, the natives commenced to disperse homeward, anxious to bar themselves indoors despite the present evidence that all human locks and bolts were useless before a force that could bend trees and crush houses when it chose. They shook their heads at the visitors' plan to stand guard at the Frye ruins near the glen; and as they left, had little expectancy of ever seeing the watchers again.

There were rumblings under the hills that night, and the whippoorwills piped threateningly. Once in a while a wind, sweeping up out of Cold Spring Glen, would bring a touch of ineffable fetor to the heavy night air; such a fetor as all three of the watchers had smelled once before, when they stood above a dying thing that had passed for fifteen years and a half as a human being. But the looked-for terror did not appear. Whatever was down there in the glen was biding its time, and Armitage told his colleagues it would be suicidal to try to attack it in the dark.

Morning came wanly, and the night-sounds ceased. It was a gray, bleak day, with now and then a drizzle of rain; and heavier and heavier clouds seemed to be piling themselves up beyond the hills to the northwest. The men from Arkham were undecided what to do. Seeking shelter from the increasing rainfall beneath one of the few

te. Armitage, ahora que realmente se había topado con el horror y su monstruosa obra, temblaba por la responsabilidad que sentía que le correspondía. Pronto caería la noche, y era entonces cuando la blasfemia montañosa seguía su curso espeluznante. *Negotium perambulans in tenebris...* El viejo bibliotecario ensayó las fórmulas que había memorizado y aferró el papel que contenía las alternativas que no había memorizado. Comprobó que su linterna eléctrica funcionaba. Rice, a su lado, sacó de una valija un pulverizador metálico de los que se utilizan para combatir insectos mientras que Morgan desenfundó el rifle de caza mayor en el que confiaba a pesar de las advertencias de su colega de que ningún arma material le sería de ayuda.

Armitage, tras haber leído el espantoso diario, sabía dolorosamente bien qué tipo de manifestación cabía esperar pero no quiso aumentar el susto de los habitantes de Dunwich dando ninguna pista o indicio. Esperaba que pudiera ser conquistada sin que se revelara al mundo la cosa monstruosa que se había escapado. A medida que las sombras se acumulaban, los nativos comenzaron a dispersarse hacia sus casas, ansiosos por encerrarse en ellas a pesar de la actual evidencia de que todas las cerraduras y cerrojos humanos eran inútiles ante una fuerza que podía doblar árboles y aplastar casas cuando lo deseaba. Sacudieron la cabeza ante el plan de los visitantes de montar guardia en las ruinas de Frye, cerca de la cañada, y cuando se marcharon, tenían pocas esperanzas de volver a ver a los vigilantes.

Aquella noche había retumbos bajo las colinas y los chotacabras gorjeaban amenazadoramente. De vez en cuando un viento, barriendo desde Cold Spring Glen, traía un toque de inefable fetor al pesado aire nocturno, un fetor como el que los tres vigilantes habían olido una vez, cuando se encontraban sobre una cosa moribunda que había pasado durante quince años y medio por un ser humano. Pero el terror buscado no apareció. Fuera lo que fuese lo que había allí abajo, en la cañada, estaba esperando su momento y Armitage dijo a sus colegas que sería suicida intentar atacarlo en la oscuridad.

La mañana llegó débilmente y cesaron los sonidos nocturnos. Era un día gris y sombrío y de vez en cuando caía una llovizna; nubes cada vez más pesadas parecían amontonarse más allá de las colinas, hacia el noroeste. Los hombres de Arkham estaban indecisos sobre qué hacer. Buscando refugio del creciente aguacero bajo una de las pocas depen-

undestroyed Frye outbuildings, they debated the wisdom of waiting, or of taking the aggressive and going down into the glen in quest of their nameless, monstrous quarry. The downpour waxed in heaviness, and distant peals of thunder sounded from far horizons. Sheet lightning shimmered, and then a forky bolt flashed near at hand, as if descending into the accursed glen itself. The sky grew very dark, and the watchers hoped that the storm would prove a short, sharp one followed by clear weather.

It was still gruesomely dark when, not much over an hour later, a confused babel of voices sounded down the road. Another moment brought to view a frightened group of more than a dozen men, running, shouting, and even whimpering hysterically. Someone in the lead began sobbing out words, and the Arkham men started violently when those words developed a coherent form.

"Oh, my Gawd, my Gawd!" the voice choked out; "it's a-goin' agin, an' this time by day! It's aout—it's aout an' a-movin' this very minute, an' only the Lord knows when it'll be on us all!"

The speaker panted into silence, but another took up his message.

"Nigh on a haour ago Zeb Whateley here heerd the 'phone a-ringin', an' it was Mis' Corey, George's wife, that lives daown by the junction. She says the hired boy Luther was aout drivin' in the caows from the storm arter the big bolt, when he see all the trees a-bendin' at the maouth o' the glen—opposite side ter this—an' smelt the same awful smell like he smelt when he faound the big tracks las' Monday mornin'. An' she says he says they was a swishin', lappin' saound, more nor what the bendin' trees an' bushes could make, an' all on a suddent the trees along the rud begun ter git pushed one side, an' they was a awful stompin' an' splashin' in the mud. But mind ye, Luther he didn't see nothin' at all, only jest the bendin' trees an' underbrush.

"Then fur ahead where Bishop's Brook goes under the rud he heerd a awful creakin' an' strainin' on the bridge, an' says he could tell the saound o' wood a-startin' to crack an' split. An' all the whiles he never see a thing, only them trees an' bushes a-bendin'. An' when

dencias de Frye que no habían sido destruidas, se debatían entre la conveniencia de esperar o de comenzar la agresión y descender a la cañada en busca de su monstruosa presa sin nombre. El aguacero crecía en pesadez y lejanos truenos sonaban desde horizontes lejanos. Láminas de relámpagos brillaron y luego un rayo tenaz destelló cerca, como si descendiera a la propia cañada maldita. El cielo se oscureció mucho y los observadores esperaban que la tormenta fuera breve y aguda, seguida de un tiempo despejado.

Aún estaba espantosamente oscuro cuando, no mucho más de una hora después, una confusa babel de voces sonó en el camino. Un momento más trajo a la vista a un grupo asustado de más de una docena de hombres, corriendo, gritando e incluso gimoteando histéricamente. Alguien que iba delante empezó a sollozar palabras y los hombres de Arkham se sobresaltaron violentamente cuando esas palabras adquirieron una forma coherente.

«¡Oh, Dios mío, Dios mío!», dijo la voz ahogada, «¡está saliendo otra vez y esta vez de día! Está saliendo y moviéndose en este mismo instante, ¡y sólo el Señor sabe cuándo caerá sobre todos nosotros!».

El que hablaba jadeó y guardó silencio pero otro retomó su mensaje.

«Hace casi una hora Zeb Whateley oyó sonar el teléfono y era Mis' Corey, la mujer de George, que vive cerca del cruce. Dice que el muchacho que contrató, Luther, estaba llevando las vacas por los cauces de la tormenta tras el gran rayo, cuando vio todos los árboles doblados en la boca de la cañada —en el lado opuesto a éste— y sintió el mismo olor horrible que sintió cuando encontró las grandes vías el lunes por la mañana. Y ella dice que él dijo que había un ruido sordo y lapeante, más de lo que los árboles y arbustos podían hacer, y de repente los árboles a lo largo de la orilla empezaron a ser empujados hacia un lado y había un horrible pisoteo y chapoteo en el barro. Pero atención, Luther no vio nada en absoluto, sólo los árboles que se doblaban y la maleza.

«Luego, más adelante, donde el arroyo Bishop pasa junto al río, oyó un horrible crujido y tensión en el puente y dijo que podía notar que la madera empezaba a agrietarse y partirse. Y mientras tanto no vio nada, sólo los árboles y arbustos doblándose. Y cuando el ruido se alejó en

the swishin' saound got very fur off—on the rud towards Wizard Whateley's an' Sentinel Hill—Luther he had the guts ter step up whar he'd heerd it fust an' look at the graound. It was all mud an' water, an' the sky was dark, an' the rain was wipin' aout all tracks abaout as fast as could be; but beginnin' at the glen maouth, whar the trees bed moved, they was still some o' them awful prints big as bar'ls like he seen Monday."

At this point the first excited speaker interrupted.

"But that ain't the trouble naow—that was only the start. Zeb here was callin' folks up an' everybody was a-listenin' in when a call from Seth Bishop's cut in. His haousekeeper Sally was carryin' on fit ter kill—she'd jest seed the trees a-bendin' beside the rud, an' says they was a kind o' mushy saound, like a elephant puffin' an' treadin', a-headin' fer the haouse. Then she up an' spoke suddent of a fearful smell, an' says her boy Cha'ncey was a-screamin' as haow it was jest like what he smelt up to the Whateley rewins Monday mornin'. An' the dogs was all barkin' an' whinin' awful.

"An' then she let aout a turrible yell, an' says the shed daown the rud hed jest caved in like the storm hed blowed it over, only the wind wa'n't strong enough to dew that. Everybody was a-listenin', an' ye could hear lots o' folks on the wire a-gaspin'. All to onct Sally she yelled agin, an' says the front yard picket fence hed jest crumpled up, though they wa'n't no sign o' what done it. Then everybody on the line could hear Cha'ncey an' ol' Seth Bishop a-yellin', tew, an' Sally was shriekin' aout that suthin' heavy hed struck the haouse—not lightnin' nor nothin', but suthin' heavy agin' the front, that kep' a-launchin' it-self agin an' agin, though ye couldn't see nuthin' aout the front wind-ers. An' then . . . an' then . . ."

Lines of fright deepened on every face; and Armitage, shaken as he was, had barely poise enough to prompt the speaker.

"An' then . . . Sally she yelled aout, 'O help, the haouse is a-cavin' in' . . . an' on the wire we could hear a turrible crashin', an' a hull flock o' screamin' . . . jest like when Elmer Frye's place was took, only wuss.
. . ."

dirección al Mago Whateley y a la colina Sentinel, Luther tuvo las agallas de acercarse a donde lo había oído por primera vez y mirar el suelo. Era todo barro y agua, y el cielo estaba oscuro, y la lluvia estaba borrando todas las huellas tan rápido como podía; pero a partir de la boca de la cañada, donde el lecho de los árboles se movía, todavía quedaban algunas de esas horribles huellas grandes como barras como las que vio el lunes».

En este punto interrumpió el primero de los hablantes, emocionado.

«Pero ése no es el problema ahora, ése fue sólo el principio. Zeb estaba llamando a la gente y todo el mundo estaba escuchando cuando entró una llamada de Seth Bishop. Su ama de llaves, Sally, estaba muy nerviosa, acababa de ver los árboles doblados junto al arroyo y dijo que había una especie de sonido pastoso, como si un elefante resoplara y pisara, dirigiéndose a la casa. Entonces ella se levantó y habló de repente de un olor espantoso y dice que su hijo Cha'ncey estaba gritando que era exactamente como lo que él había olido en las ruinas de Whateley el lunes por la mañana. Y los perros ladraban y lloriqueaban horriblemente.

«Y entonces soltó un grito terrible y dijo que el cobertizo de abajo se había derrumbado como si la tormenta lo hubiera derribado, sólo que el viento no era tan fuerte como para derribarlo. Todo el mundo estaba escuchando, y se podía oír a mucha gente por el cable. Sally volvió a gritar y dijo que la valla del patio delantero se había arrugado, aunque no había señales de quién lo había hecho. Entonces todo el mundo en la línea podía oír a Cha'ncey y al viejo Seth Bishop gritando y Sally gritaba que algo pesado había golpeado la casa, no un rayo ni nada, sino algo pesado en la parte delantera, que seguía lanzándose una y otra vez, aunque no se podía ver nada en las ventanas delanteras. Y entonces... y entonces...».

Las líneas de espanto se profundizaron en todos los rostros y Armitage, agitado también, apenas tuvo el aplomo suficiente para incitar al hablante.

«Y entonces... Sally gritó: "Oh, socorro, la casa se está derrumbando..." y por el cable oímos un terrible estruendo y un montón de gritos... como cuando se derrumbó la casa de Elmer Frye, sólo que más fuertes...».

The man paused, and another of the crowd spoke.

"That's all—not a saound nor squeak over the 'phone arter that. Jest still-like. We that heerd it got aout Fords an' wagons an' raounded up as many able-bodied men-folks as we could get, at Corey's place, an' come up here ter see what yew thought best ter dew. Not but what I think it's the Lord's judgment fer our iniquities, that no mortal kin ever set aside."

Armitage saw that the time for positive action had come, and spoke decisively to the faltering group of frightened rustics.

"We must follow it, boys." He made his voice as reassuring as possible. "I believe there's a chance of putting it out of business. You men know that those Whateleys were wizards—well, this thing is a thing of wizardry, and must be put down by the same means. I've seen Wilbur Whateley's diary and read some of the strange old books he used to read, and I think I know the right kind of a spell to recite to make the thing fade away. Of course, one can't be sure, but we can always take a chance. It's invisible—I knew it would be—but there's a powder in this long-distance sprayer that might make it show up for a second. Later on we'll try it. It's a frightful thing to have alive, but it isn't as bad as what Wilbur would have let in if he'd lived longer. You'll never know what the world has escaped. Now we've only this one thing to fight, and it can't multiply. It can, though, do a lot of harm; so we mustn't hesitate to rid the community of it.

"We must follow it—and the way to begin is to go to the place that has just been wrecked. Let somebody lead the way—I don't know your roads very well, but I've an idea there might be a shorter cut across lots. How about it?"

The men shuffled about a moment, and then Earl Sawyer spoke softly, pointing with a grimy finger through the steadily lessening rain.

"I guess ye kin git to Seth Bishop's quickest by cuttin' acrost the lower medder here, wadin' the brook at the low place, an' climbin' through Carrier's mowin' an' the timber-lot beyont. That comes aout

El hombre hizo una pausa y otro de los presentes empezó a hablar.

«Eso es todo... ni un ruido ni un chillido por el teléfono después de eso. Se quedó mudo. Los que lo oímos sacamos los Ford y los carros y reunimos a todos los hombres sanos que pudimos, en casa de Corey, y vinimos aquí a ver qué pensaban que era mejor hacer. No sino lo que creo que es el juicio del Señor por nuestras iniquidades, que ningún mortal podrá jamás apartar».

Armitage vio que había llegado el momento de la acción positiva y habló con decisión al vacilante grupo de asustados campesinos.

«Debemos seguirla, muchachos». Puso su voz lo más tranquilizadora posible. «Creo que hay posibilidades de acabar con él. Ustedes saben que esos Whateley eran magos... pues bien, esta cosa es cosa de magos y hay que acabar con ella por los mismos medios. He visto el diario de Wilbur Whateley y he leído algunos de los viejos y extraños libros que solía leer, y creo que conozco el hechizo adecuado que hay que recitar para hacer que la cosa desaparezca. Por supuesto, no se puede estar seguro, pero siempre podemos arriesgarnos. Es invisible —sabía que lo sería— pero hay un polvo en este pulverizador de larga distancia que puede hacer que aparezca durante un segundo. Más tarde lo probaremos. Es algo espantoso que esté vivo, pero no es tan malo como lo que Wilbur habría permitido entrar si hubiera vivido más tiempo. Nunca sabrán lo que se ha escapado al mundo. Ahora sólo tenemos esta cosa contra la que luchar y no puede multiplicarse. Puede, sin embargo, hacer mucho daño, así que no debemos dudar en librar a la comunidad de ella.

«Debemos seguirlo y la forma de empezar es ir al lugar que acaba de ser destrozado. Que alguien nos guíe: no conozco muy bien sus caminos, pero tengo la idea de que puede haber un atajo más corto a través de los lotes. ¿Qué les parece?».

Los hombres se arremolinaron un momento y entonces Earl Sawyer habló en voz baja, señalando con un dedo mugriento a través de la lluvia que disminuía constantemente.

«Supongo que se puede llegar más rápido a casa de Seth Bishop cortando por aquí, por el arroyo en el lugar más bajo, y subiendo por la siega de Carrier y el lote de madera de más allá. Eso sale a la parte superior

on the upper rud mighty nigh Seth's—a leetle t'other side."

Armitage, with Rice and Morgan, started to walk in the direction indicated; and most of the natives followed slowly. The sky was growing lighter, and there were signs that the storm had worn itself away. When Armitage inadvertently took a wrong direction, Joe Osborn warned him and walked ahead to show the right one. Courage and confidence were mounting; though the twilight of the almost perpendicular wooded hill which lay toward the end of their short cut, and among whose fantastic ancient trees they had to scramble as if up a ladder, put these qualities to a severe test.

At length they emerged on a muddy road to find the sun coming out. They were a little beyond the Seth Bishop place, but bent trees and hideously unmistakable tracks showed what had passed by. Only a few moments were consumed in surveying the ruins just around the bend. It was the Frye incident all over again, and nothing dead or living was found in either of the collapsed shells which had been the Bishop house and barn. No one cared to remain there amidst the stench and the tarry stickiness, but all turned instinctively to the line of horrible prints leading on toward the wrecked Whateley farmhouse and the altar-crowned slopes of Sentinel Hill.

As the men passed the site of Wilbur Whateley's abode they shuddered visibly, and seemed again to mix hesitancy with their zeal. It was no joke tracking down something as big as a house that one could not see, but that had all the vicious malevolence of a demon. Opposite the base of Sentinel Hill the tracks left the road, and there was a fresh bending and matting visible along the broad swath marking the monster's former route to and from the summit.

Armitage produced a pocket telescope of considerable power and scanned the steep green side of the hill. Then he handed the instrument to Morgan, whose sight was keener. After a moment of gazing Morgan cried out sharply, passing the glass to Earl Sawyer and indicating a certain spot on the slope with his finger. Sawyer, as clumsy as most non-users of optical devices are, fumbled a while; but eventually focused the lenses with Armitage's aid. When he did so his cry

del arroyo muy cerca de Seth, un poco al otro lado».

Armitage, con Rice y Morgan, echaron a andar en la dirección indicada y la mayoría de los nativos les siguieron lentamente. El cielo se iba aclarando y había indicios de que la tormenta se había disipado. Cuando Armitage tomó inadvertidamente una dirección equivocada, Joe Osborn le advirtió y se adelantó para mostrarle la correcta. El valor y la confianza iban en aumento, aunque la penumbra de la colina boscosa casi perpendicular que se extendía hacia el final de su atajo, y entre cuyos fantásticos árboles centenarios tuvieron que trepar como por una escalera, puso estas cualidades a dura prueba.

Por fin salieron a un camino barroso y se encontraron con que salía el sol. Estaban un poco más allá del lugar de Seth Bishop, pero los árboles doblados y las huellas horriblemente inconfundibles mostraban lo que había pasado. Sólo emplearon unos instantes en examinar las ruinas que había justo al doblar la curva. Era como el incidente de Frye otra vez y no se encontró nada vivo ni muerto en ninguno de los restos derrumbados de lo que habían sido la casa y el granero de los Bishop. Nadie se preocupó de permanecer allí en medio del hedor y la pegajosidad alquitranada y todos se volvieron instintivamente hacia la línea de horribles huellas que conducían hacia la granja Whateley destrozada y las laderas coronadas de altares de la colina Sentinel.

Cuando los hombres pasaron por delante del emplazamiento de la vivienda de Wilbur Whateley se estremecieron visiblemente y parecieron mezclar de nuevo la indecisión con su celo. No era ninguna broma rastrear algo tan grande como una casa que no se podía ver, pero que tenía toda la viciosa malevolencia de un demonio. Frente a la base de la colina Sentinel, las huellas abandonaron el camino, y era visible una nueva curva y una mata a lo largo de la amplia franja que marcaba la antigua ruta del monstruo hacia y desde la cima.

Armitage sacó un telescopio de bolsillo de considerable potencia y escudriñó la escarpada ladera verde de la colina. Luego entregó el instrumento a Morgan, cuya vista era más aguda. Tras un momento de observación, Morgan dio un grito agudo, pasó el anteojo a Earl Sawyer e indicó con el dedo un punto determinado de la ladera. Sawyer, tan torpe como lo son la mayoría de los que no utilizan aparatos ópticos, jugueteó un rato, pero finalmente enfocó las lentes con la ayuda de Armitage.

was less restrained than Morgan's had been.

"Gawd almighty, the grass an' bushes is a-movin'! It's a-goin' up—slow-like—creepin' up ter the top this minute, heaven only knows what fer!"

Then the germ of panic seemed to spread among the seekers. It was one thing to chase the nameless entity, but quite another to find it. Spells might be all right—but suppose they weren't? Voices began questioning Armitage about what he knew of the thing, and no reply seemed quite to satisfy. Everyone seemed to feel himself in close proximity to phases of nature and of being utterly forbidden, and wholly outside the sane experience of mankind.

Cuando lo hizo, su grito fue menos contenido de lo que había sido el de Morgan.

«¡Dios todopoderoso, la hierba y los arbustos se están moviendo! Está subiendo lentamente hacia la cima en este momento, ¡sólo Dios sabe por qué!».

Entonces el germen del pánico pareció extenderse entre los buscadores. Una cosa era perseguir a la entidad sin nombre y otra muy distinta encontrarla. Los hechizos podrían servir pero supongamos que no. Las voces empezaron a interrogar a Armitage sobre lo que sabía de aquella cosa y ninguna respuesta parecía satisfacerles del todo. Todos parecían sentirse muy cerca de fases de la naturaleza y del ser completamente prohibidas y totalmente fuera de la experiencia sana de la humanidad.

In the end the three men from Arkham—old, white-bearded Dr. Armitage, stocky, iron-gray Professor Rice, and lean, youngish Dr. Morgan—ascended the mountain alone. After much patient instruction regarding its focusing and use, they left the telescope with the frightened group that remained, in the road; and as they climbed they were watched closely by those among whom the glass was passed around. It was hard going, and Armitage had to be helped more than once. High above the toiling group the great swath trembled as its hellish maker repassed with snail-like deliberateness. Then it was obvious that the pursuers were gaining.

Curtis Whateley—of the undecayed branch—was holding the telescope when the Arkham party detoured radically from the swath. He told the crowd that the men were evidently trying to get to a subordinate peak which overlooked the swath at a point considerably ahead of where the shrubbery was now bending. This, indeed, proved to be true; and the party were seen to gain the minor elevation only a short time after the invisible blasphemy had passed it.

Then Wesley Corey, who had taken the glass, cried out that Armitage was adjusting the sprayer which Rice held, and that something must be about to happen. The crowd stirred uneasily, recalling that this sprayer was expected to give the unseen horror a moment of visibility. Two or three men shut their eyes, but Curtis Whateley snatched back the telescope and strained his vision to the utmost. He saw that Rice, from the party's point of vantage above and behind the entity, had an excellent chance of spreading the potent powder with marvelous effect.

Those without the telescope saw only an instant's flash of gray cloud—a cloud about the size of a moderately large building—near the top of the mountain. Curtis, who had held the instrument, dropped it with a piercing shriek into the ankle-deep mud of the road. He reeled, and would have crumpled to the ground had not two or three others seized and steadied him. All he could do was moan half-inaudibly:

"Oh, oh, great Gawd . . . that . . . that . . ."

Al final, los tres hombres de Arkham —el Dr. Armitage, viejo y de barba blanca, el Profesor Rice, fornido y gris como el hierro, y el Dr. Morgan, delgado y juvenil— subieron solos a la montaña. Tras muchas instrucciones pacientes sobre su enfoque y uso, dejaron el telescopio con el asustado grupo que quedaba; en el camino y mientras subían fueron vigilados de cerca por aquellos entre los que se pasaban el anteojo. Era un camino duro y Armitage tuvo que ser ayudado más de una vez. Por encima del esforzado grupo, la gran hilera temblaba mientras su infernal creador repasaba con la deliberación de un caracol. Entonces fue obvio que los perseguidores estaban ganando terreno.

Curtis Whateley, de la rama sin descomponer, sostenía el telescopio cuando el grupo de Arkham se desvió radicalmente de la hilera. Dijo a la multitud que los hombres estaban evidentemente intentando llegar a un pico inferior que dominaba la hilera en un punto considerablemente más adelante de donde ahora se doblaban los arbustos. Esto, en efecto, resultó ser cierto y se vio al grupo ganar la pequeña elevación sólo un poco después de que la blasfemia invisible la hubiera rebasado.

Entonces Wesley Corey, que había cogido el anteojo, gritó que Armitage estaba ajustando el pulverizador que sostenía Rice y que algo debía estar a punto de suceder. La multitud se agitó inquieta, recordando que se esperaba que ese pulverizador diera al horror invisible un momento de visibilidad. Dos o tres hombres cerraron los ojos pero Curtis Whateley volvió a coger el telescopio y esforzó al máximo su visión. Vio que Rice, desde el punto de vista del grupo por encima y por detrás de la entidad, tenía una excelente oportunidad de esparcir el potente polvo con un efecto maravilloso.

Los que no usaban el telescopio sólo vieron un destello instantáneo de nube gris —una nube del tamaño de un edificio medianamente grande— cerca de la cima de la montaña. Curtis, que había sujetado el instrumento, lo dejó caer con un grito desgarrador en el barro del camino que le llegaba hasta los tobillos. Se tambaleó y se habría desplomado al suelo si no le hubieran agarrado y sostenido otros dos o tres. Todo lo que pudo hacer fue gemir de forma medio audible:

«Oh, oh, Dios mío... eso... eso...».

There was a pandemonium of questioning, and only Henry Wheeler thought to rescue the fallen telescope and wipe it clean of mud. Curtis was past all coherence, and even isolated replies were almost too much for him.

"Bigger 'n a barn . . . all made o' squirmin' ropes . . . hull thing sort o' shaped like a hen's egg bigger 'n anything, with dozens o' legs like hogsheads that haff shut up when they step . . . nothin' solid abaout it—all like jelly, an' made o' sep'rit wrigglin' ropes pushed clost together . . . great bulgin' eyes all over it . . . ten or twenty maouths or trunks a-stickin' aout all along the sides, big as stovepipes, an' all a-tossin' an' openin' an' shuttin' . . . all gray, with kinder blue or purple rings . . . an' Gawd in Heaven—that haff face on top! . . .

This final memory, whatever it was, proved too much for poor Curtis, and he collapsed completely before he could say more. Fred Parr and Will Hutchins carried him to the roadside and laid him on the damp grass. Henry Wheeler, trembling, turned the rescued telescope on the mountain to see what he might. Through the lenses were discernible three tiny figures, apparently running toward the summit as fast as the steep incline allowed. Only these—nothing more. Then everyone noticed a strangely unseasonable noise in the deep valley behind, and even in the underbrush of Sentinel Hill itself. It was the piping of unnumbered whippoorwills, and in their shrill chorus there seemed to lurk a note of tense and evil expectancy.

Earl Sawyer now took the telescope and reported the three figures as standing on the topmost ridge, virtually level with the altar-stone but at a considerable distance from it. One figure, he said, seemed to be raising its hands above its head at rhythmic intervals; and as Sawyer mentioned the circumstance the crowd seemed to hear a faint, half-musical sound from the distance, as if a loud chant were accompanying the gestures. The weird silhouette on that remote peak must have been a spectacle of infinite grotesqueness and impressiveness, but no observer was in a mood for esthetic appreciation. "I guess he's sayin' the spell," whispered Wheeler as he snatched back the telescope. The whippoorwills were piping wildly, and in a singularly curious irregular rhythm quite unlike that of the visible ritual.

Hubo un pandemónium de preguntas y sólo Henry Wheeler pensó en rescatar el telescopio caído y limpiarlo de barro. Curtis había perdido toda coherencia e incluso las respuestas aisladas eran casi demasiado para él.

«Más grande que un granero... todo hecho de cuerdas retorciéndose... una especie de casco con forma de huevo de gallina más grande que nada, con docenas de patas como cabezas de cerdo que se cierran cuando pisan... nada sólido en él... todo como gelatina y hecho de cuerdas separadas retorciéndose apretadas... grandes ojos saltones por todas partes... diez o veinte bocas o troncos sobresaliendo a lo largo de los lados, grandes como tubos de estufa, y todos abriéndose y cerrándose... todos grises, con anillos azules o púrpuras... ¡y Dios en el Cielo, esa cara en la parte superior...!

Este último recuerdo, fuera lo que fuera, resultó ser demasiado para el pobre Curtis y se desplomó por completo antes de poder decir nada más. Fred Parr y Will Hutchins lo llevaron al borde del camino y lo acostaron sobre la hierba húmeda. Henry Wheeler, tembloroso, dirigió el telescopio rescatado hacia la montaña para ver lo que podía. A través de las lentes se distinguían tres figuras diminutas, aparentemente corriendo hacia la cumbre tan rápido como lo permitía la empinada pendiente. Sólo éstas, nada más. Entonces todos notaron un ruido extrañamente inusual en el profundo valle que había detrás, e incluso en la maleza de la propia colina Sentinel. Era el ulular de un sinnúmero de chotacabras y en su estridente coro parecía acechar una nota de tensa y maligna expectación.

Earl Sawyer cogió ahora el telescopio e informó de que las tres figuras estaban de pie en la cima, prácticamente a nivel con la piedra del altar pero a una distancia considerable de él. Una de las figuras, dijo, parecía estar levantando las manos por encima de la cabeza a intervalos rítmicos y cuando Sawyer mencionó la circunstancia, a los presentes les pareció oír a lo lejos un sonido tenue, medio musical, como si un fuerte cántico acompañara los gestos. La extraña silueta en aquel pico remoto debía de ser un espectáculo infinitamente grotesco e impresionante, pero ningún observador estaba de humor para apreciaciones estéticas. «Supongo que está diciendo el conjuro», susurró Wheeler mientras volvía a coger el telescopio. Los chotacabras estaban gorjeando salvajemente y con un ritmo irregular singularmente curioso, muy distinto al del ritual visible.

Suddenly the sunshine seemed to lessen without the intervention of any discernible cloud. It was a very peculiar phenomenon, and was plainly marked by all. A rumbling sound seemed brewing beneath the hills, mixed strangely with a concordant rumbling which clearly came from the sky. Lightning flashed aloft, and the wondering crowd looked in vain for the portents of storm. The chanting of the men from Arkham now became unmistakable, and Wheeler saw through the glass that they were all raising their arms in the rhythmic incantation. From some farmhouse far away came the frantic barking of dogs.

The change in the quality of the daylight increased, and the crowd gazed about the horizon in wonder. A purplish darkness, born of nothing more than a spectral deepening of the sky's blue, pressed down upon the rumbling hills. Then the lightning flashed again, somewhat brighter than before, and the crowd fancied that it had showed a certain mistiness around the altar-stone on the distant height. No one, however, had been using the telescope at that instant. The whippoorwills continued their irregular pulsation, and the men of Dunwich braced themselves tensely against some imponderable menace with which the atmosphere seemed surcharged.

Without warning came those deep, cracked, raucous vocal sounds which will never leave the memory of the stricken group who heard them. Not from any human throat were they born, for the organs of man can yield no such acoustic perversions. Rather would one have said they came from the pit itself, had not their source been so unmistakably the altar-stone on the peak. It is almost erroneous to call them sounds at all, since so much of their ghastly, infra-bass timbre spoke to dim seats of consciousness and terror far subtler than the ear; yet one must do so, since their form was indisputably though vaguely that of half-articulate words. They were loud—loud as the rumblings and the thunder above which they echoed—yet did they come from no visible being. And because imagination might suggest a conjectural source in the world of non-visible beings, the huddled crowd at the mountain's base huddled still closer, and evinced as if in expectation of a blow.

"Ygnaiih . . . ygnaiih . . . thflthkh'ngha . . . Yog-Sothoth . . ." rang the hideous croaking out of space. "Y'bthnk . . . h'ehye . . . n'grkdl'lh . . ."

De repente, el sol pareció disminuir sin la intervención de ninguna nube perceptible. Era un fenómeno muy peculiar y todos lo percibieron claramente. Un sonido retumbante parecía gestarse bajo las colinas, mezclado extrañamente con un estruendo concordante que procedía claramente del cielo. Los relámpagos brillaban en lo alto y la multitud maravillada buscaba en vano los presagios de tormenta. Los cánticos de los hombres de Arkham se hicieron ahora inconfundibles y Wheeler vio a través del anteojo que todos levantaban los brazos siguiendo el rítmico conjuro. De alguna granja lejana llegaban los ladridos frenéticos de los perros.

El cambio en la calidad de la luz del día aumentó y la multitud contempló el horizonte con asombro. Una oscuridad violácea, nacida nada más que de un oscurecimiento espectral del azul del cielo, se abatía sobre las retumbantes colinas. Entonces los relámpagos volvieron a brillar, algo más que antes, y a los presentes les pareció que habían mostrado cierta neblina alrededor de la piedra del altar en la altura distante. Nadie, sin embargo, había estado utilizando el telescopio en ese instante. Los chotacabras continuaron su irregular palpitación y los hombres de Dunwich se prepararon tensamente contra alguna imponderable amenaza con la que la atmósfera parecía sobrecargada.

Sin previo aviso llegaron esos sonidos vocales profundos, agrietados y estridentes que nunca abandonarán la memoria del grupo de afectados que los escuchó. No nacieron de ninguna garganta humana, pues los órganos del hombre no pueden producir tales perversiones acústicas. Más bien se habría dicho que procedían de la propia fosa, si su fuente no hubiera sido tan inequívocamente la piedra del altar de la cima. Es casi erróneo llamarlos sonidos, ya que gran parte de su espantoso timbre grave hablaba a oscuras sedes de conciencia y terror mucho más sutiles que el oído, sin embargo, uno debe hacerlo, ya que su forma era indiscutible aunque vagamente la de palabras medio articuladas. Eran fuertes —tan fuertes como los estruendos y los truenos sobre los que resonaban— pero no procedían de ningún ser visible. Y como la imaginación podía sugerir una fuente conjetural en el mundo de los seres no visibles, la multitud apiñada en la base de la montaña se acurrucó aún más y parecía esperar un golpe.

«Ygnaiih... ygnaiih... thflthkh'ngha... Yog-Sothoth...», sonó el horrible graznido desde el espacio. «Y'bthnk... h'ehye... n'grkdl'lh...».

The speaking impulse seemed to falter here, as if some frightful psychic struggle were going on. Henry Wheeler strained his eye at the telescope, but saw only the three grotesquely silhouetted human figures on the peak, all moving their arms furiously in strange gestures as their incantation drew near its culmination. From what black wells of Acherontic fear or feeling, from what unplumbed gulfs of extra-cosmic consciousness or obscure, long-latent heredity, were those half-articulate thunder-croakings drawn? Presently they began to gather renewed force and coherence as they grew in stark, utter, ultimate frenzy.

"Eh-ya-ya-ya-yahaah . . . e'yayayayaaaa . . . ngh'aaaa . . . ngh'aaaa . . . h'yuh . . . h'yuh . . . HELP! HELP! . . . ff—ff—ff—FATHER! FATHER! YOG-SOTHOTH! . . ."

But that was all. The pallid group in the road, still reeling at the indisputably English syllables that had poured thickly and thunderously down from the frantic vacancy beside that shocking altar-stone, were never to hear such syllables again. Instead, they jumped violently at the terrific report which seemed to rend the hills; the deafening, cataclysmic peal whose source, be it inner earth or sky, no hearer was ever able to place. A single lightning bolt shot from the purple zenith to the altar-stone, and a great tidal wave of viewless force and indescribable stench swept down from the hill to all the countryside. Trees, grass, and underbrush were whipped into a fury; and the frightened crowd at the mountain's base, weakened by the lethal fetor that seemed about to asphyxiate them, were almost hurled off their feet. Dogs howled from the distance, green grass and foliage wilted to a curious, sickly yellow-gray, and over field and forest were scattered the bodies of dead whippoorwills.

The stench left quickly, but the vegetation never came right again. To this day there is something queer and unholy about the growths on and around that fearsome hill. Curtis Whateley was only just regaining consciousness when the Arkham men came slowly down the mountain in the beams of a sunlight once more brilliant and untainted. They were grave and quiet, and seemed shaken by memories and reflections even more terrible than those which had reduced the

En ese momento, la fuerza del habla pareció flaquear, como si se estuviera librando una espantosa lucha psíquica. Henry Wheeler forzó la vista con el telescopio pero sólo vio las tres figuras humanas grotescamente silueteadas en la cima moviendo furiosamente los brazos en extraños gestos mientras su encantamiento se acercaba a su culminación. ¿De qué negros pozos de miedo o sentimiento aquerónticos, de qué golfos sin sondear de la conciencia extracósmica o de la herencia oscura y largamente latente fueron extraídos aquellos estruendos medio articulados? En seguida empezaron a cobrar una fuerza y una coherencia renovadas a medida que crecían en un frenesí descarnado, absoluto, definitivo.

«Eh-ya-ya-ya-yahaah... e'yayayayaaaa... ngh'aaaaaa... ngh'aaaaaa... h'yuh... h'yuh... ¡AYUDA! ¡AYUDA...! ff-ff-ff-ff ¡PADRE! ¡PADRE! ¡YOG-SO-THOTH...!».

Pero eso fue todo. El pálido grupo en la carretera, aún tambaleándose ante las sílabas indiscutiblemente en inglés que se habían derramado espesa y estruendosamente desde la frenética vacuidad junto a aquella impactante piedra de altar, no volverían a oír tales sílabas. En su lugar, saltaron violentamente ante el terrorífico estruendo que parecía desgarrar las colinas, el ensordecedor y cataclísmico repique cuyo origen, ya fuera en el interior de la tierra o en el cielo, ningún oyente fue capaz de situar. Un único rayo salió disparado desde el cenit púrpura hasta la piedra del altar y una gran marea de fuerza inaudita y hedor indescriptible se extendió desde la colina a toda la campiña. Los árboles, la hierba y la maleza fueron azotados con furia y el público asustado en la base de la montaña, debilitado por el fetor letal que parecía a punto de asfixiarlos, casi fue arrojado de sus pies. Los perros aullaban desde la distancia, la hierba verde y el follaje se marchitaban hasta adquirir un curioso y enfermizo color amarillo grisáceo y sobre el campo y el bosque se esparcían los cadáveres de los chotacabras muertos.

El hedor se fue rápidamente pero la vegetación nunca volvió a recuperarse. Hasta el día de hoy hay algo extraño e impío en los brotes de esa temible colina y sus alrededores. Curtis Whateley acababa de recobrar el conocimiento cuando los hombres de Arkham bajaban lentamente por la montaña bajo los rayos de una luz del sol que volvía a ser brillante e impoluta. Estaban graves y callados y parecían sacudidos por recuerdos y reflexiones aún más terribles que los que habían reducido

group of natives to a state of cowed quivering. In reply to a jumble of questions they only shook their heads and reaffirmed one vital fact.

"The thing has gone for ever," Armitage said. "It has been split up into what it was originally made of, and can never exist again. It was an impossibility in a normal world. Only the least fraction was really matter in any sense we know. It was like its father—and most of it has gone back to him in some vague realm or dimension outside our material universe; some vague abyss out of which only the most accursed rites of human blasphemy could ever have called him for a moment on the hills."

There was a brief silence, and in that pause the scattered senses of poor Curtis Whateley began to knit back into a sort of continuity; so that he put his hands to his head with a moan. Memory seemed to pick itself up where it had left off, and the horror of the sight that had prostrated him burst in upon him again.

"Oh, oh, my Gawd, that haff face . . . that haff face on top of it . . . that face with the red eyes an' crinkly albino hair, an' no chin, like the Whateleys . . . It was a octopus, centipede, spider kind o' thing, but they was a haff-shaped man's face on top of it, an' it looked like Wizard Whateley's, only it was yards an' yards acrost. . . ."

He paused exhausted, as the whole group of natives stared in a bewilderment not quite crystallized into fresh terror. Only old Zebulon Whateley, who wanderingly remembered ancient things but who had been silent heretofore, spoke aloud.

"Fifteen year' gone," he rambled, "I heerd Ol' Whateley say as haow some day we'd hear a child o' Lavinny's a-callin' its father's name on the top o' Sentinel Hill. . . ."

But Joe Osborn interrupted him to question the Arkham men anew.

"What was it, anyhaow, an' haowever did young Wizard Whateley call it aout o' the air it come from?"

al grupo de nativos a un estado de temblor acobardado. En respuesta a un fárrago de preguntas sólo sacudieron la cabeza y reafirmaron un hecho vital.

«La cosa ha desaparecido para siempre», dijo Armitage. «Se ha dividido en aquello de lo que estaba hecha originalmente y nunca podrá volver a existir. Era una imposibilidad en un mundo normal. Sólo la mínima fracción era realmente materia en cualquier sentido que conozcamos. Era como su padre y la mayor parte ha vuelto a él en algún vago reino o dimensión fuera de nuestro universo material, algún vago abismo del que sólo los ritos más malditos de la blasfemia humana podrían haberle llamado por un momento a las colinas».

Hubo un breve silencio y, en esa pausa, los dispersos sentidos del pobre Curtis Whateley empezaron a hilvanarse en una especie de continuidad, de modo que se llevó las manos a la cabeza con un gemido. La memoria pareció retomarse donde se había quedado y el horror de la visión que le había postrado irrumpió de nuevo en él.

«Oh, oh, Dios mío, esa cara de hombre... esa cara de hombre encima... esa cara con los ojos rojos y el pelo albino arrugado, y sin barbilla, como los Whateley... Era una especie de pulpo, ciempiés y araña, pero encima tenía una cara de hombre con forma de pulpo que se parecía a la del Mago Whateley, sólo que estaba a yardas y yardas de distancia...».

Hizo una pausa exhausto, mientras todo el grupo de nativos miraba con un desconcierto que no acababa de cristalizar en un nuevo terror. Sólo el viejo Zebulon Whateley, que recordaba vagamente cosas antiguas pero que hasta entonces había permanecido en silencio, habló en voz alta.

«Hace quince años», divagó, «oí decir al Viejo Whateley que algún día oiríamos a un niño de Lavinia gritar el nombre de su padre en la cima de la colina Sentinel...».

Pero Joe Osborn le interrumpió para interrogar de nuevo a los hombres de Arkham.

«¿Qué era, en cualquier caso, y cómo lo llamó el joven Mago Whateley del aire del que procedía?».

Armitage chose his words carefully.

"It was—well, it was mostly a kind of force that doesn't belong in our part of space; a kind of force that acts and grows and shapes itself by other laws than those of our sort of Nature. We have no business calling in such things from outside, and only very wicked people and very wicked cults ever try to. There was some of it in Wilbur Whateley himself—enough to make a devil and a precocious monster of him, and to make his passing out a pretty terrible sight. I'm going to burn his accursed diary, and if you men are wise you'll dynamite that altar-stone up there, and pull down all the rings of standing stones on the other hills. Things like that brought down the beings those Whateleys were so fond of—the beings they were going to let in tangibly to wipe out the human race and drag the earth off to some nameless place for some nameless purpose.

"But as to this thing we've just sent back—the Whateleys raised it for a terrible part in the doings that were to come. It grew fast and big from the same reason that Wilbur grew fast and big—but it beat him because it had a greater share of the outsideness in it. You needn't ask how Wilbur called it out of the air. He didn't call it out. It was his twin brother, but it looked more like the father than he did."

Armitage eligió sus palabras con cuidado.

«Era... bueno, era sobre todo un tipo de fuerza que no pertenece a nuestra parte del espacio; un tipo de fuerza que actúa y crece y se modela por otras leyes que las de nuestro tipo de Naturaleza. No tenemos por qué llamar a esas cosas desde fuera y sólo gente muy malvada y cultos muy perversos lo intentan. Había algo de eso en el propio Wilbur Whateley, lo suficiente como para hacer de él un demonio y un monstruo precoz y para que su desaparición fuera un espectáculo bastante terrible. Voy a quemar su maldito diario y si ustedes son sabios dinamitarán ese altar de ahí arriba y derribarán todos los anillos de piedras erguidas de las otras colinas. Cosas así trajeron los seres a los que esos Whateley eran tan aficionados... los seres a los que iban a dejar entrar tangiblemente para acabar con la raza humana y arrastrar la tierra a algún lugar sin nombre con algún propósito sin nombre.

«Pero en cuanto a esta cosa que acabamos de devolver, los Whateley la criaron para que desempeñara un papel terrible en los hechos que estaban por venir. Creció rápido y grande por la misma razón por la que Wilbur creció rápido y grande, pero le venció porque tenía una mayor cuota de exterioridad en él. No necesitan preguntar cómo Wilbur lo llamó desde el aire. No lo llamó. Era su hermano gemelo, pero se parecía más al padre que él».

Rosetta Edu

CLÁSICOS EN ESPAÑOL

Esperamos que haya disfrutado esta lectura. ¿Quiere leer otra obra de nuestra colección de *Clásicos en español*?

En nuestro Club del Libro encontrarás artículos relacionados con los libros que publicamos y la literatura en general. ¡Suscríbete en nuestra página web y te ofrecemos un ebook gratis por mes!

Recibe tu copia totalmente gratuita de nuestro *Club del libro* en rosettaedu.com/pages/club-del-libro

Rosetta Edu

CLÁSICOS EN ESPAÑOL

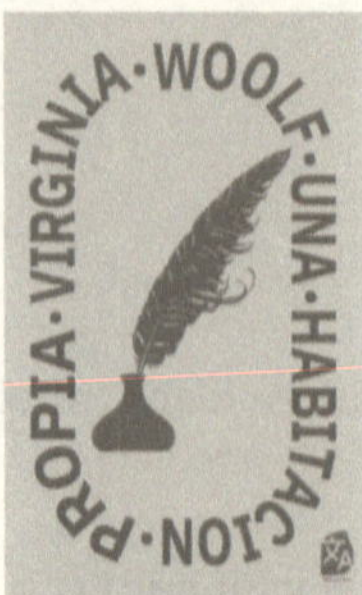

Una habitación propia se estableció desde su publicación como uno de los libros fundamentales del feminismo. Basado en dos conferencias pronunciadas por Virginia Woolf en colleges para mujeres y ampliado luego por la autora, el texto es un testamento visionario, donde tópicos característicos del feminismo por casi un siglo son expuestos con claridad tal vez por primera vez.

Oscar Wilde escribe una sola novela, *El retrato de Dorian Gray*; ésta fue el objeto de una crítica moralizante mordaz por parte de sus contemporáneos que no pudieron ver que dentro de una trama perfectamente compuesta se escondía toda la tragedia del romanticismo. Cien años después no ha perdido su impacto original y sigue siendo un texto fundamental para los debates sobre la estética y la moral.

Otra vuelta de tuerca es una de las novelas de terror más difundidas en la literatura universal y cuenta una historia absorbente, siguiendo a una institutriz a cargo de dos niños en una gran mansión en la campiña inglesa que parece estar embrujada. Los detalles de la descripción y la narración en primera persona van conformando un mundo que puede inspirar genuino terror.

rosettaedu.com

Rosetta Edu

EDICIONES BILINGÜES

En una atmósfera constante de misterio y amenaza, *El corazón de las tinieblas* narra el peligroso viaje de Marlow por un río (sin duda el Congo aunque no es nombrado en el relato) africano. Lo que el marino puede observar en su viaje le horroriza, le deja perplejo, y pone en tela de juicio las bases mismas de la civilización y la naturaleza humana.

Durante décadas, y acercándose a su centenario, *El gran Gatsby* ha sido considerada una obra maestra de la literatura y candidata al título de «Gran novela americana» por su dominio al mostrar la pura identidad americana junto a un estilo distinto y maduro. La edición bilingüe permite apreciar los detalles del texto original y constituye un paso obligado para aprender el inglés en profundidad.

En *La señora Dalloway* Virginia Woolf relata un día en la vida de Clarissa Dalloway, una señora de la clase alta casada con un miembro del parlamento inglés, y de un ex-combatiente que lucha contra su enfermedad mental. La innovación de la novela es la corriente de consciencia: Woolf sigue el pensamiento de cada personaje, siendo excelente a la hora de narrar emociones, asociaciones y sentimientos.

rosettaedu.com